KB003540

조르주 페렉 Georges Perec

익숙한 것에 대해 질문해 보자. 그런데 문제는 우리가 이미 그것에 익숙해져 있다는 사실이다. 우리는 익숙한 것에게 질문을 제기하지 않고, 익숙한 것 또한 우리에게 질문하지 않으며 딱히 문제를 일으키는 것 같지도 않다. 마치 익숙한 것은 어떤 질문이나 답도 전하지 않고 아무런 정보도 지니지 않는 것처럼, 우리는 그것에 대해 생각하지 않은 채 그것과 함께 살아간다. 그것은 더 이상 삶의 조건조차 되지 못하며, 일종의 무감각 상태 같은 것이 된다. 우리는 생애 동안 꿈도 없는 잠을 자고 있다. 하지만 우리의 생은 어디에 있는 걸까? 어디에 우리의 육체가 있을까? 어디에 우리의 공간이 있을까?

p. 17 / 보통 이하의 것들 중, 무엇에 다가갈 것인가

페렉의 대표작 『인생사용법』 프랑스판 표지

『인생사용법』 집필 당시, 페렉의 고민의 흔적이
담긴 노트. 시대 배경과 등장인물, 묘사할 공간
에 관한 낙서와 그림으로 빼곡하게 채워져있다.

런던의 매력은 한마디로 정의하기 어렵다. 그것은 마치 '감식가들'이 포트넘 앤 메이슨의 카운터에 진열되어 있는 무수히 많은 종류의 커다란 정사각형 상자들에서 직접 골라서 섞어 만든 블렌디드 티와 비슷하다. 런던의 매력은 특별히 주목할 만한 것이 없는 기념물들이나 일반적으로 평범한 수준인 전망에서 오지 않는다. 그보다는 나머지 모든 것들에서, 즉 거리, 집, 상점, 사람들에서 온다.

p.132 / 보통 이하의 것들 중, 런던 산책

물론 여기서 말하려는 것은 사무원들과 관리들로 가득 찬 익명의 사무실이 아니라, 다국적 기업의 최고경영자, 금융이나 광고 또는 영화계의 거물들, 세력가, 대부호 또는 국가 원수 등 이 세계 위대한 사람들의 집무실, 즉 권력과 나아가 전능함의 상징으로서의 사무실이다. 한마디로, '지성소(至聖所)'인 이곳은 평범한 일반인들은 접근할 수 없는 장소로, 대체로 우리를 지배하는 이들이 개인 비서실이 있는 삼중 성벽과 쿠션을 댄 문, 순모 카펫 뒤에 앉아 있는 곳이다.

p.140 / 보통 이하의 것들 중, 지성소

영화 <잠자는 남자>의 장면들. 페렉은 베르나르 케이잔 감독과 <잠자는 남자>를 공동 연출했고, 이 영화로 장 비고 상을 수상했다.

영화 촬영장의 조르주 페렉

파리 생쉴피스 광장의 한 카페(카페 드 라 메리)에 페렉을 기념하기 위해 붙인 간판.

당신의 작은 숟가락들에게 질문을 던져보자.
당신의 벽지 뒤에는 무엇이 있을까?

(중략)

이러한 질문들이 어떤 방법을 거의 필요로 하지 않을 만큼 단편적이며
기껏해야 하나의 계획에 불과하다는 사실은 내게 별로 중요하지 않다.
내게 그보다 훨씬 더 중요한 것은, 이러한 질문들이 시시하고 쓸데없어
보인다는 사실이다.

보통 이하의 것들

L'infra‒ordinaire

보통 이하의 것들

김호영 옮김

목차

일러두기

1. 이 책은 다음의 원서를 옮긴 것이다.

   Georges Perec, L'infra-ordinaire, Seuil, 1989.

2. 본문 주는 모두 옮긴이주다.

3. 단행본이나 잡지는 『 』로, 단편은 「 」로, 영상물, 미술 작품, 노래 제목은 < >로 표시했다.

한 남자가 빌랭 거리 24번지 앞에 서 있다. 남자의 이름은 조르주 페렉. 페렉은 남다른 실험 정신과 감수성, 독창적인 언어 감각으로 20세기 후반 프랑스 문학을 대표하는 작가이자 20세기 유럽의 가장 중요한 작가 중 한 사람으로 꼽힌다.

그는 자신이 유년 시절을 보낸 빌랭 거리 24번지 앞을 서성였지만, 차마 건물 안으로 들어가지 못하고 발길을 돌린다. 아버지는 그가 네 살 때 2차 세계 대전에서 전사했고, 어머니는 그가 여섯 살 때 아우슈비츠에 끌려가 생을 마감했다. 빌랭 거리 24번지는 부모님과 함께 했던 유년 시절의 추억이 깃든 장소였음에도, 그 기억은 대부분 잊혀졌다는 것이 페렉에게는 큰 트라우마였다.

빌랭 거리는 파리 도시정비사업에 의해 철거가 결정되었기에 페렉의 어린 시절 집이었던 24번지 또한 몇 년 후에는 완전히 사라질 운명이었다. 하지만 정신적으로 마주하기 쉽지 않았던 곳임에도 불구하고, 그는 '장소들(Les Lieux)'이라 명명한 프로젝트를 시작하기 위해 빌랭 거리를 다시 찾았다. 페렉은 '장소들' 프로젝트를 통해 자신과 특별한 인연이 있는 파리의 장소 열두 곳을 골라 약 12년간 기록하려는 계획을 세웠고, '빌랭 거리'를 주기적으로 기록하는 건 당연히 이 프로젝트의 핵심이었다.

그는 매달 열두 장소 중 두 곳을 골라 묘사한 다음, 해당 장소와 관련된 지하철 티켓, 영화관 티켓, 팸플릿 등을 원고와 함께 봉투에 넣어 봉인했다. 기억들을 파괴하는 것은 결국 시간이기에, 장소들과 사물들을 기록하는 행위는 시간의 횡포에 맞서는 것이라고 페렉은 믿고 있었다.

이번에 녹색광선에서 출간한 조르주 페렉의 『보통 이하의 것들』에는 「빌랭 거리」 텍스트를 포함하여 서로 다른 아홉 편의 에세이가 실려 있다. 아홉 편의 텍스트 모두 평범한 것들을 다루는 '일상의 글쓰기'라는 테마를 조금씩 다른 양식으로 관통한다. 페렉이 살아 생전 시도했던 글쓰기 스타일이 이 한 권에 모두 담겨 있다 해도 과언이 아니다.

매일 일어나고 날마다 되돌아오는 것, 흔한 것, 일상적인 것, 뻔한 것, 평범한 것, 보통의 것, 보통-이하의 것, 잡음 같은 것, 익숙한 것. 어떻게 그것들을 설명하고, 어떻게 그것들에 대해 질문하며, 어떻게 그것들을 묘사할 수 있을까?

익숙한 것에 대해 질문해 보자. 그런데 문제는 우리가 이미 그것에 익숙해져 있다는 사실이다. 우리는 익숙한 것에게 질문을 제기하지 않고, 익숙한 것 또한 우리에게 질문하지 않으며 딱히 문제를 일으키는 것 같지도 않다. 마치 익숙한 것은 어떤 질문이나 답도 전하지 않고 아무런 정보도 지니지 않는 것처럼, 우리는 그것에 대해 생각하지 않은 채 그것과 함께 살아간다. 그것은 더 이상 삶의 조건조차 되지 못하며, 일종의 무감각 상태 같은 것이 된다. 우리는 생애 동안 꿈도 없는 잠을 자고 있다. 하지만 우리의 생은 어디에 있는 걸까? 어디에 우리의 육체가 있을까? 어디에 우리의 공간이 있을까?

『보통 이하의 것들』 중 「무엇에 다가갈 것인가」 16쪽.

페렉은 평소 자신을 네 개의 밭을 가는 농부라 일컬었다. 사회학적, 소설적, 유희적, 자전적 글쓰기가 그 네 개의 밭에서 나온 결실이라 할 수 있는데, 『보통 이하의 것들』에는 네 가지 양식에 따라 쓴 '보통의 것들'에 관한 글들이 모두 포함되어 있다. 이 책은 빌랭 거리나 보부르 구역 주변처럼 누구도 주목하지 않는 장소를 기록하기, 우리가 매일 출근하는 다양한 유형의 사무실 묘사를 통해 인간의 물질적 욕망을 풍자하기, 철저히 주관적으로 '좋아하는/싫어하는' 목록 작성하기, 런던을 여행하며 그곳의 색다른 매력을 발견하고 전파하기, 가상의 여행지를 수학 공식을 통해 배열하고 상상 속에서 세계를 떠도는 여행자가 되어 지인들에게 보내듯 엽서들을 작성하기 등과 같은 일상의 소재를 다룬 글들로 가득하다. 그러면서도 결코 독창성을 잃지 않는다. 마치 우리가 출근하고, 먹고, 마시고, 산책하고, 여행을 떠나고, 좋아하는/싫어하는 것들에 대해 수다를 떨듯 페렉의 이 에세이들 또한 일상을 관통한다. 그러면서, 우리 주변을 둘러싼 '보통 이하의 것들'을 우리로 하여금 다시 한번 바라보게 만든다.

시간의 힘이 때로는 두려움으로 다가올 때가 있다. 시간이 흐르면 사람도 기억도 장소도 모두 풍화되듯 변모한다. 그리고 종국에는 죽거나 사라지거나 아무것도 남지 않게 되어 버린다. 시간의 흐름은 누구도 막을 수 없지만, 페렉이 보여준 '일상의 글쓰기'는 이 시간의 흐름에 대한 작은 저항과도 같다.『보통 이하의 것들』을 통해 독자 여러분들께서도 자신만의 자서전에 실을 일상의 글쓰기를 한 번쯤 시도해 보셨으면 한다.

2023년 12월
녹색광선 편집부

무엇에 다가갈 것인가?

항상 사건들, 기이한 것들, 비일상적인 것들만이 우리에게 말을 거는 것처럼 보인다. 신문 1면에 실리는 5단 표제 기사나 굵은 글씨의 헤드라인처럼 말이다. 기차는 탈선하는 순간 비로소 존재하기 시작하고, 더 많은 승객이 사망할수록 더 많은 기차가 존재한다. 비행기 또한 납치되는 순간 비로소 존재감을 드러내고, 자동차는 오로지 플라타너스 나무에 충돌하는 운명만을 지닌다. 일 년에 52번의 주말이 있고, 52번의 결산이 있다. 사망자가 많을수록 뉴스에는 좋은 일이고, 숫자가 계속 증가한다면 더욱 그럴 것이다! 마치 삶이 스펙터클한 것들을 통해서만 그 모습을 드러내는 것처럼, 의미심장하거나 중요한 것은 항상 비정상적인 것처럼, 하나의 사건 뒤에는 어떤 스캔들, 균열, 위험이 있어야만 한다. 대(大) 자연재해나 역사적 격변, 사회적 갈등, 정치적 추문 등…

역사적인 것, 중요한 것, 시사적인 것을 파악하는 데 급급하

느라 본질적인 것을 제쳐두어선 안 된다. 진정으로 참을 수 없는 것, 진정으로 용납할 수 없는 것 말이다. 진짜 스캔들은 갱내 가스폭발이 아니라, 광산에서 행해지는 노동이다. 진짜 '사회적인 불편함'은 파업 기간 동안의 '시급한 사항들'이 아니라, 견디기 힘든 하루 스물네 시간, 일 년 삼백육십오 일이다.

해일, 화산 폭발, 타워의 붕괴, 산불, 터널의 붕괴, 퍼블리시스 건물의 화재, 아란다의 연설! 끔찍한! 소름끼치는! 엄청난! 파렴치한! 그러나 어디에 스캔들이 있는 걸까? 진짜 스캔들은? 신문은 우리에게 '안심하십시오. 아시다시피, 좋을 때도 있고 나쁠 때도 있지만 삶은 계속됩니다. 아시다시피, 인생에는 무슨 일이든 일어나게 마련이죠.' 같은 얘기 말고 다른 것을 말한 적이 있을까?

신문들은 모든 것에 대해 이야기한다, 매일 일어나는 일들만 제외하고. 신문은 나를 지루하게 만들고, 내게 아무것도 가르쳐주지 않는다. 그들이 말하는 것은 나와 관련이 없고, 내게 질문을 던지지 않으며, 그렇다고 내가 묻거나 묻고 싶은 질문들에 답하지도 않는다.

실제로 일어나고 있는 것, 우리가 경험하는 것, 나머지인 것, 모든 나머지 것, 그것들은 어디에 있을까? 매일 일어나고 날마다 되돌아오는 것, 흔한 것, 일상적인 것, 뻔한 것, 평범한 것, 보통의 것, 보통-이하의 것, 잡음 같은 것, 익숙한 것. 어떻게 그것들을 설명하고, 어떻게 그것들에 대해 질문하며, 어떻게 그것들을 묘사할 수 있을까?

익숙한 것에 대해 질문해 보자. 그런데 문제는 우리가 이미 그것에 익숙해져 있다는 사실이다. 우리는 익숙한 것에게 질문을 제기하지 않고, 익숙한 것 또한 우리에게 질문하지 않으며 딱히 문제를 일으키는 것 같지도 않다. 마치 익숙한 것은 어떤 질문이나 답도 전하지 않고 아무런 정보도 지니지 않는 것처럼, 우리는 그것에 대해 생각하지 않은 채 그것과 함께 살아간다. 그것은 더 이상 삶의 조건조차 되지 못하며, 일종의 무감각 상태 같은 것이 된다. 우리는 생애 동안 꿈도 없는 잠을 자고 있다. 하지만 우리의 생은 어디에 있는 걸까? 어디에 우리의 육체가 있을까? 어디에 우리의 공간이 있을까?

어떻게 '평범한 것들'에 대해 말하고, 어떻게 그것들을 더 잘 추적하고 수풀에서 끌어낼 수 있을까. 어떻게 그것들을 끈끈하게 감싸고 있는 외피에서 떼어내고, 그것들에 하나의 의미, 하나의 언어를 부여할 수 있을까. 마침내 그 평범한 것들이 자신이 무엇인지, 우리가 무엇인지 말할 수 있도록 말이다.

어쩌면 그것은 우리 자신의 인류학을 구축하는 일일 것이다. 우리에 대해 말하고, 우리가 아주 오랫동안 다른 이들에게서

훔쳐 온 것을 우리 안에서 찾아낼 수 있는 인류학 말이다. 더이상 이국적인 것이 아닌, 내국적인 것들의 인류학.

너무 당연해 보여서 우리가 그 기원을 잊어버린 것에 대해 질문해 보자. 쥘 베른이나 그의 독자들이 소리를 재생하고 전송할 수 있는 기구를 마주했을 때 느꼈을 그 놀라운 무언가를 되찾아 보자. 바로 그 놀라움과 함께 또 다른 수천 가지의 놀라움들이 존재해 왔고, 그러한 놀라움들이 우리를 형성해 왔기 때문이다.

우리가 질문을 제기해야 할 것은, 벽돌, 콘크리트, 유리, 우리의 테이블 매너, 우리의 식기, 우리의 도구, 우리의 하루 일과, 우리의 리듬이다. 영원히 우리를 놀라게 하지 않을 것 같은 것에 질문해 보자. 물론 우리는 살고 있고, 숨 쉬고 있다. 우리는 걷고, 문을 열고, 계단을 내려가고, 식탁에 앉아 식사를 하고, 침대에 누워 잠을 잔다. 하지만 어떻게? 어디서? 언제? 무엇 때문에?

당신의 거리를 묘사해 보자. 또 다른 거리도 묘사해 보자. 그리고 비교해 보자.

주머니와 가방의 목록을 작성해 보자. 거기서 꺼낸 물건들 각각의 내력, 용도, 미래에 대해 스스로 질문해 보자.

당신의 작은 숟가락들에게 질문을 던져보자.

당신의 벽지 뒤에는 무엇이 있을까?

어떤 번호로 전화를 걸기 위해서는 몇 가지 행위를 거쳐야 할까? 왜 그럴까?

식료품점에서는 왜 담배를 살 수 없을까? 왜 안 될까?

이러한 질문들이 어떤 방법을 거의 필요로 하지 않을 만큼 단편적이며 기껏해야 하나의 계획에 불과하다는 사실은 내게 별로 중요하지 않다. 내게 그보다 훨씬 더 중요한 것은, 이러한 질문들이 시시하고 쓸데없어 보인다는 사실이다. 바로 그 점이 이 질문들을 우리가 진실을 포착하기 위해 헛되이 시도했던 수많은 다른 질문들만큼이나, 아니 그보다 더 중요하게 만드는 이유이다.

빌랭 거리

빌랭 거리는 파리 20구에 위치한 거리로, 1846년에 처음 조성되었다. 파리 북동쪽 언덕 지대에 자리한 S자 형태의 긴 오르막길이며, 오래전부터 주로 가난한 노동자나 이주민들이 거주해온 곳이다. 파리 서민들의 삶을 잘 보여주는 풍경에 이끌려 한동안 많은 화가와 사진작가, 영화인들이 이곳을 찾았는데, 특히 거리 맨 끝의 계단과 그 주변 모습은 윌리 로니스나 로베르 두아노 같은 작가들의 사진에서 쉽게 찾아볼 수 있다. 또 쥘리앵 뒤비비에의 <파리의 하늘 아래서>(1951), 장 콕토의 <오르페>(1956), 자크 베케르의 <황금 투구>(1957) 같은 영화들에서도 이 거리가 서민들의 삶의 공간으로 등장하는 것을 확인할 수 있다.

페렉은 1936년 3월 7일 빌랭 거리 1번지에서 출생했고, 이후 여섯 살 때까지 어머니의 미용실이 있는 24번지에 살았다. 이 거리에는 그의 조부모와 외조부, 이모도 함께 살았는데, 양가 모두 폴란드에서 이주해온 유대인들이었다. 제2차 세계대전이 발발하자 기능공이었던 페렉의 아버지는 자원입대해 1940년에 전사한다. 어머니는 어린 페렉을 먼저 프랑스 남부로 피신시킨 후 파리 탈출을 시도하다가, 나치에 붙잡혀 1943년 아우슈비츠 수용소에서 사망한다. 그 후, 페렉은 오랫동안 이 거리에 거의 발을 들이지 않는다. 전쟁이 끝나고 얼마 후 고모를 따라 한번 방문한 적이 있고, 이십대 중반 근처에 사는 친구를 보러 왔다 잠시 들렸을 뿐이다.

페렉이 이 거리를 다시 정기적으로 찾게 된 것은 그의 '장소들Les Lieux' 프로젝트 때문이다. 그는 특별한 인연이 있는 파리의 장소들 열두 곳을 골라 1969년부터 약 12년 동안 기록하고 묘사하는 계획을 세우는데, 빌랭 거리도 그 열두 장소에 포함시킨다. 당시 페렉은 빌랭 거리가 파리의 도시정비사업에 따라 철거될 것을 알고 있었고, 때문에 열두 장소 중에서도 이 거리의 묘사에 더 각별한 애정을 기울였다. 장소들 프로젝트에 따르면, 12년 동안 빌랭 거리에 대해 총 24번의 묘사가, 즉 12번의 중성적인 묘사와 12번의 회상을 담은 묘사가 실행될 예정이었다. 그러나 1975년 알 수 없는 이유로 프로젝트가 중단되고, 빌랭 거리에 대한 글쓰기도 각각 중성적인 묘사 6번과 회상을 담은 묘사 6번에 그치게 된다. 이 책에 실린 「빌랭 거리」 텍스트는 그중 '중성적인 묘사' 6개를 모아 놓은 것으로, 해마다 기록한 6개의 묘사 사이에는 상점들의 이름이나 위치 등과 관련해 미세한 편차가 존재한다.

빌랭 거리 REU VILIN 지도

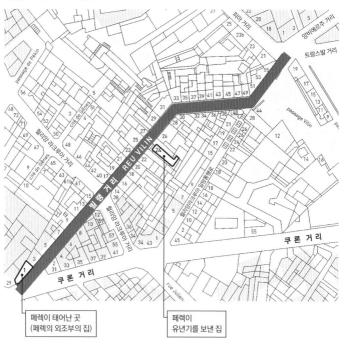

페렉이 태어난 곳
(페렉의 외조부의 집)

페렉이
유년기를 보낸 집

1

1969년 2월 27일 목요일
오후 4시경

빌랭 거리는 쿠론 거리 29번지 위치에서 시작된다. 맞은편 신축 건물들은 벌써부터 오래된 느낌이 나는 영세민용 임대 아파트들이다.

오른쪽(짝수 번지)에는 삼각형 형태의 건물이 서 있다. 한 면은 빌랭 거리를 향해 나 있고, 다른 한 면은 쿠론 거리를 향해 있으며, 좁다란 세 번째 면은 두 거리 사이에서 약간의 각을 만들어내고 있다. 건물의 일층에는 하늘색 진열창을 노란색 장식으로 꾸민 카페-레스토랑이 있다.

왼쪽(홀수 번지) 1번지는 최근에 외관을 단장한 건물이다.

바로 이 건물에 내 어머니의 부모님이 살았다고 한다. 건물의 아주 작은 입구에는 따로 우편함이 없다. 일층에는 한때 가구점이었던 상점이 있는데 ('MEUBLE(가구)'라는 글자의 흔적이 아직 남아 있다), 전면에 진열된 물건들로 미루어보아 수예 재료 상점으로 업종을 바꾼 것 같다. 가게는 문이 닫혀 있고 불도 꺼져 있다.

2번지에서는 재유행 하는 재즈 음악(시드니 베쳇[1], 아니 그보다는 막심 소리[2]인 듯하다)이 흘러나온다.

홀수 번지 쪽 : 염료 가게

　　　　　　　　3번지 건물, 최근에 외관을 단장함

　　　　　　　　기성복 양품점

　　　　　　　　≪ 오 봉 트라바이(훌륭한 작업) ≫

　　　　　　　　≪ 레트리 파리지엔느(파리 우유 판매점) ≫

3번지를 지나면, 건물들은 더 이상 외관이 단장되어 있지 않다.

5번지에는, ≪ 오 독퇴르 뒤 베트망 ≫ 세탁소, 그리고 베나

1　Sidney Bechet(1897~1959): 미국의 재즈 아티스트.
2　Maxim Saury(1928~2012): 프랑스의 재즈 클라리넷 연주자.

르 양품점이 있다.

맞은편 4번지 : 단추 제작 가게.

7번지에는, 'POMPES(펌프)'라고 적힌, 잘려나간 금속 간판
　　　　　　　파사드에는 '쿠페와 사퀴 펌프'라고

　　　　　　　쓰여 있다 : 가게는 오래전에 문을

　　　　　　　닫은 것처럼 보인다.

그리고 여전히 홀수 번지 쪽에, 정체를 알 수 없는 작은 상점 하나.

9번지에는, 마르셀 레스토랑-바

6번지에는, 배관 및 욕실 공사 전문점

6번지에는, 소프라니 미용실

9번지와 11번지에는, 문 닫은 두 상점

11번지에는, 빌랭 빨래방

11번지를 지나면 콘크리트 펜스 하나가 쥘리앙라크루아 거리와 모퉁이를 이룬다.

10번지에는, 수작업 가죽 손질 가게

10번지에는, 과거에 문구 및 수예 재료 상점이었던 가게

12번지에는, 'H. 셀립테, 바지 전문점'이라고 쓰여 있는 상점이 모퉁이를 이루고 있다.

홀수 번지의 보도를 따라서 차들이 길가에 거의 다 주차되

어 있다.

경사는 빌랭 거리 전체에 걸쳐 거의 동일하게(상당히 가파르게) 유지된다. 거리는 포장되어 있다. 쥘리앙라크루아 거리는 이 빌랭 거리의 첫 번째 구간이자 더 긴 구간의 거의 한 가운데를 가로지른다.

교차로(두 거리의 짝수 번지 쪽)에는 2층에 철제 발코니가 있고 보수공사 중인 집 한 채가 있는데, 벽에 다음과 같은 글씨가 연이어 두 번 씌어 있다.

계단 주의

계단의 흔적은 찾을 수 없다. 좀 더 올라가야 이것이 거리 끝의 계단을 가리키는 글씨라는 사실을 이해하게 된다. 쥘리앙라크루아 거리에서부터 올라온 자동차의 경우, 빌랭 거리가 막 다른 골목이 된다.

교차로(빌랭 거리의 홀수 번지 쪽, 다른 거리의 짝수 번지 쪽)에는 '프레퐁텐 포도주'(문의 간판에 적혀 있음)와 '포스티용 포도주'(가게 차양에 적혀 있음)를 판매하는 식품점이 있다.

19번지에는, 기다란 단층집이 있다.

16번지에는, 정육점이었던 것 같기도 한 문 닫은 상점이 있다.

18번지에는, 카페-바가 옆에 딸려 있고 가구가 비치된 호텔 하나가 있다 : '드 콩스탕틴 호텔'.

22번지에는, 불이 꺼져 있고 문을 닫은 오래된 카페가 있다. 카페 안쪽 구석에 커다란 타원형 거울이 보인다. 카페 위쪽으로, 3층에서 긴 철제 발코니에 세탁물을 널어 말리고 있다. 카페의 문에는 다음과 같은 표지판이 걸려 있다 :

일요일은 휴무입니다

24번지(내가 살았던 집이다)에는 :

먼저, 1층에 (폐쇄된) 문이 있는 이층짜리 건물이 있다. 문 주위로 여전히 페인트 흔적이 남아 있고, 문 위에는 아직 완전히 지워지지 않은 글씨가 보인다.

여성 전용 미용실

그 옆으로 낮은 건물 하나가 붙어 있고, 포석이 깔리고 단층 몇 개(두세 개 계단)가 있는 기다란 안마당을 향해 문 하나가

나 있다. 안마당의 오른편에는 긴 이층 건물이 있고(예전에는 미용실의 폐쇄된 문을 통해 거리로 연결되었다), 건물 앞에는 두 단짜리 콘크리트 계단이 있다(바로 이 건물에 우리가 살았고, 미용실은 어머니의 미용실이었다).

마당 구석에는 형태를 알 수 없는 건물 하나가 있다. 그리고 왼쪽에는 헛간 같은 것이 있다.

나는 건물 안으로 들어가지 않았다.

얼마 후, 한 노인이 뒤에서 다가와 '우리의' 거처로 이어지는 계단 세 개를 내려갔다. 또 다른 노인이 무거운 짐(빨래?)을 등에 지고 건물 안으로 들어갔다. 그리고 마지막에 어린 소녀가 들어갔다.

맞은편의 25번지에는, 길고 어두운 안뜰로 이중 현관이 나 있는 집이 있고, 닫혀 있는 것처럼 보이지만 규칙적인 소음이 들려오는 가게가 있다. 망치질 소리 같지만, 그러나 더 '기계적'이고 덜 시끄러운 소음. 더러운 창문을 통해 재봉틀 하나를 알아볼 수 있는데, 일하는 사람은 보이지 않는다.

27번지에는, '탈레트[3] 상점'이라는 문 닫은 가게가 있다. 엷

---

3 유태인 남자가 기도할 때 걸치는, 술 장식이 달린 흰색 비단 숄.

게 바란 가게의 파란색 전면에는 히브리어 글자들과 모헬[4], 쇼에, 서점 겸 문구점, 예배 도구, 장난감이라는 단어들이 적혀 있다.

29번지 자리에는, 최근에 흰색으로 칠한 듯한 석재 펜스가 세워져 있다. 31번지와 맞닿은 쪽으로 노란색과 누렇게 바랜 색 벽지가 나란히 붙어 있는 방의 흔적이 보인다.

31번지는 폐쇄된 집이다. 이층과 삼층의 창문들은 봉쇄되어 있다. 사층에는 아직 커튼이 쳐져 있다. 일층에는 다음과 같은 글자가 적혀 있는 폐쇄된 상점이 있다.

전기　　　　　　　조명
　　　A. 마르탱
와인딩　　　　　　모터
공장　　　제반　　설비

33번지에는, 폐쇄된 건물이 있다.

그리고 나서, 거리는 오른쪽 방향으로 약 30도 각도로 휘어진다. 짝수 번지 쪽의 길은 38번지에서 멈춘다. 38번지 다음에

4　MOHEL: 유태교의 의식에 따라 생후 8일이 된 사내아기에게 할례(割禮)를 해주는 사람.

는 붉은 벽돌로 된 오두막집이 있고, 그 다음에는 쥘리앙라크루아 일방통행로에서 시작된 계단의 끝이 나타난다. 쥘리앙라크루아 일방통행로는 쿠론 거리에서, 빌랭 거리보다 약간 낮은 위치에서 시작한다. 계단 이후로는, 자갈과 성긴 잡초들로 덮인 커다란 공터가 있다.

홀수 번지 쪽에서, 거리는 49번지 지점에서 왼쪽 방향으로 이전과 비슷하게 약 30도의 두 번째 각을 만들어낸다. 이것은 거리의 모양을 전체적으로 매우 기다란 'S'(약호 ʃʃ의 S자처럼)자 형태로 만들어준다.

홀수 번지 쪽에서, 거리는 53-55번지 지점에서 한 계단에 의해 끝난다. 혹은 하나의 계단이라기보다는, 이중의 사인곡선[5](즉 S자 모양이라기보다는 거꾸로 된 물음표 모양)을 형성하는 세 개의 계단이라고도 할 수 있다.

49번지는 삼층에 망사르드식 지붕[6]이 나 있는 노란색 집이다. 이층에는 창문 두 개가 있다. 그 중 하나(내 쪽에서 볼 때 오른쪽 창문)에서 한 노부인이 나를 바라보고 있다. 일층에는 (예전에?) ≪ 앙트르프리즈 드 마소느리(석공 회사) ≫가 있었던 것

---

5 사인 함수를 나타내는 그래프. 단순한 물결 모양을 나타내며 2π만큼 변할 때마다 같은 상태를 반복한다.

6 서양 근대 건축에서 볼 수 있는 2단으로 경사진 지붕.

으로 보인다.

47번지에는, 벽에 붉은 페인트 흔적이 남아 있는 폐쇄된 집이 있다. 45번지에는, 문 닫은 상점과 예전에 호텔이었던 사 층짜리 건물이 있다.

뒤 몽블랑 호텔
가구 구비된 객실과 작은 방

34번지에는, 예전에 '포도주와 주류' 판매점이었던 가게가 있다. 여기저기 막혀 있는 창문들이 보인다.

53-55번지에는, '포도주와 석탄'을 파는 가게인 ≪ 오 르포드 라 몽타뉴(산 위에서의 휴식) ≫ 상점이 있었다. 건물은 1968년 4월 5일(테스트용 회반죽에 날짜가 적혀 있다)에 한가운데가 위에서 아래로 갈라졌다. 문 세 개와 이층에 난 창문 세 개가 모두 벽돌로 막혀 있다.

거리 끝의 계단 위로 올라가면 작은 사거리가 나오는데, 왼쪽에는 피아 거리가 있고, 맞은편에는 앙비에르주 거리, 오른쪽에는 트랑스발 거리가 있다. 앙비에르주 거리와 트랑스발 거리의 교차로에는 아름다운 황갈색 빵집이 있다. 계단의 난간을 따라 가로등 옆쪽으로, 맹수의 가죽을 카피해 강렬한 색들로 얼룩덜룩하게 칠한 소형 오토바이가 세워져 있다. 알제리인 두 명이 그것에 잠시 팔꿈치를 괸다. 흑인 두 명이 계단을 올라간다. 다소 흐린 날씨임에도, 이곳에서는 성당들, 높은 신축 건물들, 팡테옹을 아우르는 꽤 광활한 파노라마를 볼 수 있다.

공터에서, 두 아이가 막대 검을 들고 결투를 벌이고 있다.

저녁 7시, 나는 밤이 내릴 때 빌랭 거리가 어떤 모습인지를 보기 위해 거의 뛰다시피 해서 돌아왔다. 거리 위쪽으로는 불 켜진 창문이 거의 없었지만, - 건물 당 기껏해야 두 개 정도 - 초입에는 좀 더 많아 보였다. 22번지의 오래된 카페에는 불이 켜져 있었고 알제리 사람들로 가득 차 있었다. 이 카페는 또한 호텔이기도 했다(나는 ≪ 객실 요금 ≫이라고 쓰여 있는 게시판을 보았다).

거리에는 영구적으로 문을 닫았다고 생각했던 여러 상점들이 불을 밝히고 있었다.

2

1970년 6월 25일 목요일
오후 4시경

벨빌 대로에 시장이 열려 있다. 쿠론 거리에서는 도로 공사
가 계속 진행되고 있다. 장피에르 탱보 거리의 모퉁이에는 건
물이 건설 중이다. 쿠론 거리 모퉁이에 있던 집단 가옥 전체
가 파괴되었다. 벨빌 대로를 따라 조금 더 가면 CRS[7] 버스들
이 서 있다(최근 유대인과 아랍인들 사이의 분쟁 때문이다).

빌랭 거리는 일방통행로다. 올라가는 방향으로는 진입할 수
없다. 차들은 홀수 번지 쪽에 주차되어 있다.

1번지와 3번지는 건물의 외관 단장을 마쳤다. 1번지에는, 문
닫은 식료품가게와 아직 문을 열고 있는 수예재료 상점이 있
다. 한 남자가 삼층 창가에 서 있다.

3번지에는 염료 가게와 양품점이 있다. 염료 가게 주인은 내
가 공무원인 줄 안다 :

– 그래서, 우리를 파괴하러 왔나요?

---

7   Compagnies républicaines de sécurité의 약자. 시위 및 폭동 진압 등을 담당하는 공
    화국 보안기동대.

2번지에는 카페-레스토랑이 있고, 4번지에는 단추 제작 가게가 있다. 도로 공사 : 라크[8] 가스 설치 중.

5번지에는, '레트리 파리지엔느'[9], '오 독퇴르 뒤 베트망' 드라이클리닝과 수선 전문점. 베나르 양품점.

위에서 아랍 음악이 들려온다.

6번지에는, 배관 및 욕실 공사 전문점. A. 소프라니 미용실, '목요일 야간 영업'(가게는 새로 리모델링한 것 같다).

7번지에는, '쿠페 펌프'(문 닫음) : 세 개의 층 중 두 층이 벽으로 봉쇄되어 있다. 또 다른 문 닫은 가게. 가게에는 사인펜으로 적은 작은 안내문이 붙어 있는데, 빨간색만 남기고 지워져 있다 : ' 화요일 수요일   영업합니다'.

8번지는 사층 집으로, 창문가에 두 여성이 보인다. 9번지에는, 마르셀 레스토랑-바와 문 닫은 상점이 있다. 10번지에는, 수작업 가죽 손질 가게가 문을 닫았고, 마찬가지로 문구 및 수예재료 가게도 문을 닫았다. 11번지에 문 닫은 상점 하나. 13번지에는 전면을 엷은 파란색으로 칠한 빨래방이 있다. 삼층의 한 집이 벽으로 봉쇄되어 있다. 12번지는 육층 건물이다. 일층

---

8 Lacq: 프랑스 서남부 피레네 산맥 북쪽에 있는 마을.
9 앞서 1969년 2월 27일 글에서는 '홀수 번지'쪽에 레트리 파리지엔느가 있다고 모호하게 언급했지만, 1970년 6월 25일 글부터는 정확히 '5번지'에 있다고 기록한다.

에는 바지 전문점 '셸립테'가 있다. 14번지에는 폐쇄된 집 하나가 있고, 15번지(쥘리앙라크루아 거리와의 교차로)에도 폐쇄된 집이 있다. 16번지에는, 옛 정육점? 17번지에는 과거에 식료품점이었던 곳이 바-카페로 변신해 있다(문에는 흰색 페인트로 ≪ 바 카페 ≫라고 쓰여 있다). 18번지 : 카페-바가 딸린 '드 콩스탕틴 호텔'. 19번지와 21번지, 23번지는 황폐화된 이층집들이다. 20번지는 일부가 파손된 오층 건물이고, 오층은 폐쇄된 것처럼 보인다. 22번지에는 카페-호텔? 24번지에는, 작은 안뜰에 마련된 석탄 창고 위에 고양이 한 마리가 앉아 있다. 여성 전용 미용실 이라는 문구를 여전히 알아볼 수 있다. 그리고 프랑스 공산당 포스터. 25번지에는 문 닫은 가게가 있다. 26번지에는, 일층이 폐쇄되어 있다. 27번지에는, 문 닫은 가게. 그 다음부터 41번지까지에는 시멘트 펜스가 쳐져 있다. 30번지에는, 벽으로 일부를 막은 삼층집이 있고, 패션 의류 상점이 있다. 32번지에는, 폐쇄된 상점들('포도주와 주류' 판매점). 34번지는 거의 전체가 벽으로 막혀 있다. 36번지 다음부터는 공터가 시작된다.

41번지부터 49번지까지 거의 모든 건물들이 벽으로 막혀 있는데, 그중 45번지는 뒤 몽블랑 호텔 건물이다. 49번지에는, 예전에 석공 회사였던 노란색 집이 있고, 이층 창가에 한 여성이 있다. 51번지, 53번지, 55번지는 아직 살아남아 있다(아 라 몽 타뉴, '포도주와 주류' 가게)[10].

3

1971년 1월 13일 수요일
춥고 건조. 맑음.

1번지의 문 윗부분에, 삼각형 박공 하나가 있다. 찢어진 빨간 천막이 걸려 있고 푸른색으로 벽을 칠한 왼쪽 상점은 문을 닫았다. 오른쪽 상점은 양복 재단 용품을 판매하는 것 같다. 3번지에는, 염료 가게와 ≪ 오 봉 아케이(대환영) ≫라고 적힌 기성복 양품점이 있다. 2번지에는, 카페-레스토랑이 있다. 4번지에

---

10   1969년 2월 27일 글에서 '오 르포 드 라 몽타뉴'라고 언급한 가게 이름을 여기서는 '아 라 몽타뉴'라고 줄여서 기록한다. 또 '포도주와 석탄' 가게가 '포도주와 주류' 가게로 바뀌어 있다.

는, 단추 제작 가게가 있다. 5번지에는, '레트리 파리지엔느'와 드라이클리닝과 프레싱 전문인 '오 독퇴르 뒤 베트망' 세탁소가 있고, 베나르 양품점이 있다. 7번지에는, 철거된 건물이 있는데 건물 앞 펜스에는 『라 코즈 뒤 푀플』[11]지가 붙어 있다. 6번지에는, 배관 및 욕실 공사 전문점과 미용실이 있다. 9번지에는, 마르셀스 라는 카페 레스토랑 바가 있고, 문 닫은 상점 하나가 있다. 11번지에는, 문 닫은 상점과 (쥘리앙라크루아 거리와 만나는 모퉁이에) 빌랭-라브리 빨래방이 있다 :

토지 수용으로 인한
폐쇄 확정
12월 24일

10번지에는, 가죽 손질 수작업 가게와 문 닫은 문구 및 수예재료 상점이 있다. 12번지에는 바지 전문점. 14번지에는 문 닫은 집이 있고, 15번지에는 철거된 집이 있다. 17번지에는, 바 겸 지하 술집이 있는데 가게 천막에는 셰 하다디 파리드(하디디 파리드의 집) 이라고 쓰여 있고, 문에는 이렇게 적혀 있다 :

---

11   La Cause du peuple: 1968년 5월 1일 롤랑 카스트로에 의해 창간된 프랑스 신문. 프롤레타리아 좌파 세력의 기관지였다.

노보 오보렌

유고슬로벤스키

카페-레스토란

코드 밀렌

녹색으로 칠한 정육점은 문을 닫았고, 다른 한 상점도 마찬가지다. 18번지 : 드 콩스탕틴 호텔, 카페-바. 22번지에는 호텔-카페가 있다. 19번지와 21번지에는 폐쇄된 집들? 26번지에는? 24번지 : 여성 전용 미용실(가게는 아니며, 단지 벽에 페인트 칠한 상호의 흔적만 남아 있다). 24번지의 안뜰에는 금속 들보가 있다. 안뜰 너머에서는 노동자들이 지붕을 수리하고 있다(쿠론 거리에 있는 어느 건물의 지붕?). 저 멀리 크레인들.

25, 27번지 : 문 닫은 상점. 27번지 이후로는 : 펜스들. 28번지에는 아직 사람이 살고 있는 집이 있다. 30번지에는 영어로 'MODES'라고 쓰여 있는 패션 의류 상점이 있다. 32번지 : 문 닫은 '포도주와 주류' 판매점. 34번지와 36번지는 거의 빈민굴 같은 집들이다. 36번지에서 한 부인이 나온다. 그녀는 36년 동안 그곳에 살았다. 그녀는 단지 3개월만 살려고 왔었다. 부인은 24번지의 여자 미용사를 아주 잘 기억하고 있다 :

- 그녀는 그리 오래 머물지 않았어요.

41번지, 43번지, 45번지(뒤 몽블랑 호텔), 47번지는 봉쇄된 건물들이다. 그 다음에는 펜스가 세워져 있다.

거리를 따라 차들이 늘어서 있다. 지나가는 행인 몇 명.

49번지에서 한 부인이 창가에서 기침을 한다. 51번지는 폐쇄된 집이다. 53-55번지(르 르포 드 라 몽타뉴[12], 포도주)는 문을 닫았다. 맨 위에는 공터가 있다. 그리고 새 간판을 단 창고 하나 :

플라스틱 용품들

4

1972년 11월 5일 일요일

오후 2시경

---

12 1969년 2월 27일 글에서 '오 르포 드 라 몽타뉴'라고 기록한 가게 이름이 1972년 11월 5일 글에서는 '르 르포 드 라 몽타뉴'로 바뀐다.

1번지는 아직 거기에 그대로 있다. 2번지와 3번지 : 염료 가게와 ≪ 오 봉 아케이 ≫ 기성복 상점. 4번지 : 단추 제작 가게 (문 닫음). 5번지 : 우유 판매점이 배관공사 가게가 되었나? 6번지 : 미용실. 7번지는 허물어짐. 8번지, 9번지? 10번지 : 가죽 손질 수작업 가게. 11번지는 허물어짐. 12번지 : '셀립테'. 13번지는 허물어짐. 14번지 : 허물어진 건물, 상점 하나가 아직 서 있다. 15번지는 완전히 허물어짐. 16번지? 17번지 : 바-지하 술집. 18번지 : 드 콩스탕틴 호텔.

19번지? 20번지? 21번지는 허물어짐. 22번지 : 호텔-카페. 23번지? 24번지는 아직 온전함. 25번지 : 문 닫은 상점. 26번지 : 벽으로 봉쇄한 창문들. 27번지는 벽으로 봉쇄함. 28번지, 30번지, 36번지는 아직 그대로 서 있음.

얼룩 고양이 한 마리와 검은 고양이 한 마리가 24번지의 안 뜰에 있다.

27번지를 지나면, 홀수 번지 쪽으로 더 이상 아무것도 없다. 36번지 이후로는, 짝수 번지 쪽에도 아무것도 없다. 30번지 건물에는 조니 할리데이[13]의 포스터가 붙어 있다.

거리의 맨 꼭대기 : 플라스틱 용품들 창고.

---

13 Johnny Hallyday(1943~): 프랑스의 가수이자 영화배우.

공터에는 철거공사 현장이 펼쳐져 있다.

비둘기들, 고양이들, 자동차 잔해들.

나는 거리에서 열 살짜리 아이를 만났다. 아이는 16번지에서 태어났는데, 8주 후에 그의 고국인 이스라엘로 떠날 예정이다.

5

1974년 11월 21일 목요일

오후 1시경

쿠론 거리 아래쪽에 영세민용 임대 아파트 단지가 완공되었다.

빌랭 거리 아래쪽은 아직은 생기가 남아 있는 것처럼 보인다. 쌓여 있는 쓰레기 더미, 창문에 널린 빨래.

1번지는 여전히 그대로다. 7번지에는 공터와 펜스가 있다. 5번지의 베나르 양품점은 문을 닫았다. 9번지의 마르셀스 레스토랑 바도 문을 닫았다. 6번지의 (미용실)은 문을 열었고, 다른 가게는 문을 닫았다. 4번지의 단추 제작 가게는?

　빌랭 거리와 쥘리앙라크루아 거리의 교차로에는 바지 전문점인 '셀립테'만이 버티고 서 있다. 나머지 세 모퉁이 중 두 곳은 공터가 되었고, 한 곳은 전체를 벽으로 봉쇄한 건물이 차지하고 있다.

　18번지와 22번지에는 호텔 겸 카페가 여전히 서 있고, 20번지와 24번지도 아직 건재하다.

　홀수 번지 중, 21번지는 철거 중이고(불도저, 굴삭기, 조명등이 보인다) 23번지와 25번지는 완전히 허물어져 있다. 25번지 이후로는, 더 이상 아무것도 없다.

　26번지 자리에는 간이 숙소로 개조한 작은 트레일러가 들어서 있다. 자동차 잔해들.

　수거되지 않은 쓰레기 더미(쥘리앙라크루아 거리에서는 소집된 군인들이 파업 중인 도로 청소부들을 대신해 일하고 있다).

　도로 한가운데 죽어 있는 참새 한 마리.

30번지에 작은 전단지 한 장이 붙어 있다 :

파리 시의 공식 행정 공고
1974년 8월 25, 26, 27일에
28번지와 30번지 수용 공사
파리 20구에 공공휴식 장소 조성

30번지 위로는 아무 것도 없다. 펜스들, 자동차 중고 부품상들이 분주히 움직이고 있는 공터들. 펜스들에 붙어 있는 선거 포스터들.

6

1975년 9월 27일
새벽 2시경

홀수 번지 거의 전체가 시멘트 펜스들로 덮여 있다. 그 펜스들 중 하나에 다음과 같은 낙서가 쓰여 있다 :

TRAVAIL (노동) = TORTURE (고문)

생생한 컬러 엽서 이백사십삼 장

역자 노트

생생한 컬러 엽서 이백사십삼 장

페렉은 이 글에서 울리포(OuLiPo) 그룹의 주요 창작 방식 중 하나인 '조합 문학(littérature combinatoire)을 선보인다*. 조합 문학은 단순한 언어 요소들을 다양한 방식으로 결합하고 배열하면서 언어에 내재된 무한한 표현 가능성을 탐구하는 작업을 말한다. 14행 소네트 10편을 조합해 '백조(兆) 편의 시'를 창작할 수 있는 사례를 보여준 레몽 크노를 필두로(『Cent Mille Milliards de Poèmes』, 1962), 울리포 그룹의 여러 멤버들이 이 방식을 창작의 수단으로 활용한 바 있다.

페렉은 일반적으로 엽서가 비슷한 주제를 담은 몇 개의 짧은 문장들로 이루어진다는 사실에 착안해, 각 문장을 이루는 핵심 요소들을 엄격한 규칙들에 따라 결합하고 재배열하는 조합의 글쓰기를 시도한다. 그 결과, 일반 엽서와 차이를 구별할 수 없고 다채로운 내용을 담은 243개의 엽서-텍스트가 만들어졌다.

---

* 이 글은 갈리마르 출판사에서 제작된 CD-ROM <Machines à Ecrire>(Antoine Denize et Bernard Magné, 1999)와 울리포 그룹의 작업을 소개한 도서 『Atlas de littérature potentielle』(Oulipo, Gallimard: 1981)의 설명을 토대로 작성되었다.

엽서의 주요 구성요소와 선택 항목의 조합 방식

우선 페렉은, 엽서를 이루는 다섯 가지 주요 구성요소를 아래와 같이 설정한다. 그리고 각 구성요소가 담긴 문장 다섯 개로 각각의 엽서를 구성하는 것을 원칙으로 삼는다(간혹 한 문장에 두 개의 요소가 들어가기도 한다.)

1. 장소 - 발신자가 머무는 곳
2. 활동 - 발신자가 하는 행위(아무 것도 하지 않는 행위 포함)
3. 즐거움 - 발신자가 즐거움이나 만족을 느끼는 것
4. 특별한 언급 – 발신자의 생각, 경험, 모험에 대한 언급
5. 작별 인사

다음, 각 구성요소 별로 세 가지 선택 항목을 정하고 각 항목에 알파벳을 붙인 후, 다음과 같은 표로 정리한다. 이렇게 얻은 총 15개의 항목들은 엽서의 주된 재료가 된다.

표 1. 엽서 재료 목록

구성요소	선택 항목		
장소	A : 도시	F : 지역	K : 호텔
활동	B : 날씨, 풍경	G : 낮잠, 휴식	L : 태닝
즐거움	C : 음식	H : 해변	M : 평안, 만족
특별한 언급	D : 햇볕 쬐기 또는 일사병	I : 활동적 휴식 또는 신체상태	N : 우정, 친교
작별 인사	E : 키스	J : 복귀	O : 생각

페렉은 위의 표를 바탕으로 각기 다른 구성의 조합 가능성을 모색해 총 243개의 조합을, 즉 서로 다른 내용을 담은 총 243장의 엽서를 만들어낼 수 있음을 알아낸다. 다섯 개의 행 각각마다 세 개의 선택 사양이 있는데, 이를 계산해보면 총 243개(3 x 3 x 3 x 3 x 3 = 243)가 나오기 때문이다. 페렉은 243개의 각기 다른 조합을 얻기 위해, 전통적인 '코드문자 변형' 방식을 사용한다. 즉 네 개의 요소(ABCD)를 그대로 유지한 채 다섯 번째 요소(E, J, O)에 대한 모든 가능성을 나열하고, 다음 네 번째 요소를 한 글자씩 변경하면서(ABCI, ABCN) 다섯 번째 요소(E, J, O)에 대한 모든 가능성을 나열하는 등의 순서를 따른다. 페렉은 이렇게 얻은 조합을 위에서 아래로 27행 6열로

작성했고, 각 코드문자 조합에 수평 순서로 번호를 매겼다. 상단의 3행만 예로 소개하면 아래와 같다.

표 2 : 모든 엽서의 재료 조합

1. ABCDE 2. AGHNE 3. FGHIJ 4. FLCDJ 5. KLMNO 6. KBCIO

7. ABCDJ 8. AGHNJ 9. FGHIE 10. FLCDE 11. KLMNE 12. KBCIE

13. ABCDO 14. AGHNO 15. FGHIO 16. FLCDO 17. KLMNJ 18. KBCIJ

     <...>   <...>   <...>   <...>   <...>   <...>

예시 : '장소' 항목들의 조합과 배열 방식

위의 코드문자 조합 표에 따르면, 3개의 장소 항목(도시, 지역, 호텔)은 243장의 엽서에 각각 81회씩 등장할 수 있다. 그런데 페렉은 엽서에 동일한 장소의 명칭이 반복되는 것을 피하기 위해 또 다른 규칙을 만들어낸다. 즉 A부터 Z까지 알파벳 문자 24개에 무작위로 선택한 알파벳 문자 3개를 더해 총 27개의 문자를 종으로 나열한 다음, 각 문자 당 세 개의 도시 이름을 선정한 것이다. 243장의 엽서에 들어갈 도시, 지역, 호텔의 명칭 각각은 이런 식으로 27행 x 3열의 표에 따라 구성되는데, 그중 일부만 표기하면 다음과 같다.

표3 : 도시 목록 (일부)

1. Ajaccio	28. Antibes	55. Ars en Re
2. Bastia	29. Bercq	56. Brighton
3. Calvi	30. Cargèse	57. Cadaques
4. Deauville	31. Doubrovnik	58. Draguignan
<...>	<...>	<...>

표 4 : 지역 목록 (일부)

1. Angleterre	28. Côte d'Azur	55. Côte Atlantique
2. Belgique	29. Baléares	56. Costa Brava
3. Corse	30. Chypre	57. Cyclades
4. Dahomey	31. Dalmatie	58. Djerba
<...>	<...>	<...>

표 5 : 호텔 목록 (일부)

1. Alcazar	28. Alhambra	55. Adriatique
2. Beau Rivage	29. de la Baie	56. Bella Vista
3. Carlton	30. Croisette	57. Cheval d'Or
4. Dardanelle	31. Dunes	58. Quentin Durward
<...>	<...>	<...>

대부분의 도시와 지역 이름은 실제 존재하는 도시와 지역의 명칭을 사용했지만, 이따금씩 페렉이 만들어내기도 했다. 가령, '제노스'시라는 명칭은 방랑자 또는 낯선 사람을 뜻하는 그리스어 'Xenos'에서 가져왔다. 호텔 이름의 경우 페렉의 지식과 창의성이 더 많이 동원되었는데, 가령 소크라테스 아내의 이름인 '크산티페Xanthippe', 소설가 '오스카 와일드Oscar Wilde'의 이름, 월터 스콧의 소설 속 등장인물 이름인 '퀜틴 더워드Quentin Durward', 누미디아 왕의 이름인 '유구르타Jugurtha' 등이 호텔의 이름으로 사용되었다.

페렉은 이렇게 얻은 도시, 지역, 호텔의 이름들 역시 임의로 배열하지 않는다. 『인생사용법』에서도 사용한 바 있는 '체스판 기사의 행마법'을 사용해, 243개의 장소 명칭을 일정한 규칙에 따라 그리고 중

복되지 않은 방식으로 243장의 엽서에 골고루 배분한다. 단, 이 글을 위해서는 10 x 10의 체스판 대신 9 x 9의 체스판을 복합적 방식으로 사용한다. 지면 상 자세한 설명은 생략하며, 그밖에도 이 글에는 몇 가지 배열과 조합의 규칙이 더 이용된다.

규칙과 글쓰기

243장의 엽서를 읽다보면, 페렉일 수도 있고 아닐 수도 있는 익명의 발신자가 프랑스의 도시와 지역 뿐 아니라 유럽, 아메리카, 아시아 등 전 세계 곳곳을 돌아다니며 여행하고 있다는 상상에 빠지게 된다. 발신자는 일광욕이나 수영을 즐기고, 수상스키, 테니스, 말 타기 등의 활동을 하며, 근사한 호텔 요리나 지역 특산물을 양껏 맛보기도 한다. 그런데 이 모든 것은 철저한 조합의 글쓰기가 낳은 가상의 세계에서 일어나는 사건들이다. 다시 말해, 단순하고 엄격한 규칙들이 풍요로운 상상과 자유로운 창작의 출발점이 되고 있다. 울리포 그룹의 동료인 이탈로 칼비노가 『보이지 않는 도시들』(1972)에서 마르코 폴로의 여행기와 코울리지의 시 『쿠빌라이 칸』을 바탕으로 몇 가지 간단한 규칙을 적용해 한 번도 가보지 않은 도시들에 대해 상상하고 기술했다면, 페렉은 보다 더 단순한 요소들에 좀더 복잡한 규칙들을 적용해 한 번도 가보지 않았거나 혹은 잠시 지나쳤던 장소들에 대해 상상하고 기술했다.

요컨대, 단조롭게 나열되는 듯한 엽서의 문장들은 이면에 다양한 조합과 배열의 규칙들을 품고 있고 나아가 무한한 확장 가능성을 내포하고 있는 텍스트들이다. 어느 면에서 이 글은 인공지능(AI)의 방식으로 작성된 최초의 글쓰기 사례 중 하나라 할 수 있으며, 페렉은 그것을 전산기나 컴퓨터의 도움 없이 직접 수작업으로 해냈다.

이탈로 칼비노에게 [1]

우리는 아작시오(Ajaccio) 근방에서 캠핑하고 있어. 날씨가 아주 좋아. 잘 먹고 있고. 나는 햇볕에 탔어. 굿 키스.

알카자르(Alcazar) 호텔에 묵고 있어. 태닝을 하고 있고. 아, 얼마나 좋은 시간인지! 친구도 많이 사귀었어. 7일에 돌아갈 거야.

우리는 배를 타고 일루스(Île-Rousse)[2] 일대를 돌고 있어. 태닝도 즐겼고. 아주 잘 먹고 있어. 나는 햇볕에 좀 탔어. 키스와

---

1   페렉은 칼비노가 소설 『보이지 않는 도시들』에서 선보인 '조합적 글쓰기'에 대한 응답으로 이 글을 집필했다. 설명은 앞의 '역자 노트' 참조.
2   코르시카 북부에 위치한 코뮌.

모든 것을 보내며.

다호메(Dahomey)[3]를 여행하고 왔어. 근사한 밤들을 보냈지. 감각적인 물놀이. 낙타를 타고 떠나는 산책. 15일에 파리로 돌아갈 예정이야.

우리는 드디어 니스(Nice)에 도착했어. 빈둥거리기 그리고 낮잠 자기. 아, 얼마나 잘 쉬고 있는지(햇볕에 타긴 했지만). 키스를 보내.

우르비노(Urbino)에서 보내는 짧은 소식. 날씨가 좋아. 비바레 스캄피 프리티 에 레 프리토 미스토!(가지새우 튀김과 모듬 튀김 만세!) 조토[4]와 그밖에 모든 이들도 잊을 수 없을 거야. 우정 어린 생각들.

레종키유(Les Jonquilles) 호텔에 묵고 있어요. 멋진 날씨. 우리는 해변에 나가곤 해요. 매력적인 사람들도 많이 사귀었고

---

3 서부 아프리카 베닌의 전 이름. 프랑스의 식민지였으며 1960년에 독립했다.
4 Giotto di Bondone: 조토 디 본도네. 이탈리아의 화가이자 건축가로, 르네상스 미술을 이끈 선구자.

요. 당신에게 키스를 보내요.

  우리는 데 카트르세르장(des QuatreSergents) 호텔에 묵고 있어요. 태닝. 축구! 햇볕. 당신 생각을 많이 해요.

  헬레니아(Hellénie)에서의 추억! 우리는 햇볕에 구릿빛으로 몸을 태우고 있어. 최고야! 많은 친구들을 사귀었어. 수없이 생각해.

  영불해협(la Manche) 방문 중. 평안한 휴식. 아름다운 해변. 나는 햇볕에 탔어. 키스를 보내.

  우리는 프레쥐스(Fréjus)에 와 있어. 빈둥거리기. 휴식. 우린 정말 잘 지내고 있어. 난 수상 스키도 탔고. 예정대로 돌아갈 거야.

  포르멘테라(Formentera) 섬[5] 근처에서 캠핑하고 있어. 아름다운 날씨. 광활한 해변. 어깨 살갗이 탔어. 모든 이에게 다정

---

5 스페인 발레아레스 제도에 위치한 섬. 이비자 섬 근방에 위치.

한 키스를 보내.

보-리바주(Beau-Rivage) 호텔에 묵고 있어. 날씨가 아주 좋아. 우리는 해변에 놀러 나가. 나는 페탕크 놀이[6]도 했고. 슬프게도, 화요일에 여행이 끝나.

사건사고 없는 평온한 여행. 우리는 베르사유(Versailles) 모텔에 묵고 있어. 식사는 훌륭해. 흥미로운 만남들. 키스를 보내.

키프로스(Chypre) 섬을 돌아다니고 있어요. 해가 높이 떠 있어요. 우리는 수탉처럼 빨개졌지만, 그래도 근사해요. 돌아가서 뵐 수 있기를 바라요.

우리는 코스타 에스메랄다(Costa Esmeralda) 일대를 두루 돌아다니고 있어. 아주 흥미로워. 향토 음식. 유쾌한 원주민들. 수없이 생각해.

우리는 우즈 홀(Wood's Hole)[7] 근처에서 캠핑하고 있어. 햇

6　쇠로 된 공을 교대로 굴리면서 표적을 맞히는 프랑스 남부 지방의 놀이.
7　미국 매사추세츠 주 반스터블 카운티 팰머스 타운에 있는 인구 조사 지정 장소.

볕에 구릿빛으로 태웠고. 매끼마다 랍스터를 먹고 있어. 나는 연어 낚시도 했지. 수없이 생각해.

우리는 나이츠브리지(Knightsbridge)[8]에 와 있어. 날씨가 좋아. 물놀이와 골프를 하러 가지. 3일에 돌아갈 거야.

우리는 오벨리스크(Obelisk) 호텔에 묵고 있어요. 빈둥거리기. 세련된 곳이에요. 우리는 여러 매력적인 사람들과 인사 나누고 인연을 맺었어요. 당신 생각을 많이 하죠.

우리는 칼턴(Carlton)[9]에 내려와 있어. 태닝도 즐기고 있고. 감탄할만한 식사들. 클럽에서의 밤들은 끔찍할 정도로 좋아. 11일에 돌아가.

루체른 호(les Quatre-Cantons)를 탐사하고 있어. 아주 좋은 날씨. 호숫가가 근사해. 친절하고 개방적인 사람들. 키스를 보내.

---

8 런던 하이드 파크의 남쪽 지역. 웅장한 빅토리아풍 주택과 정원 및 광장이 있다.
9 영국 잉글랜드 중부 노팅엄셔 주 게들링 자치시에 있는 작은 교외 도시.

발레아르 제도(les Baléares)[10]를 여행 중이야. 이곳은 아름답고, 게다가 우리는 실컷 먹고 있지. 나는 햇볕에 탔어. 다음 주 월요일에 돌아갈 예정.

건지(Guernesey) 섬에서 바캉스 중. 우리는 잘 지내고 있어. 음식도 아주 맛있고. 친구들도 많이 사귀었어. 모두에게 키스를 보내.

에트르타(Etretat)에서 보내는 편지. 날씨가 아름다워요. 우리는 잘 지내고 있고요. 저의 천식은 좀 나아졌어요. 네 분을 자주 생각해요.

로마(Roma)에 머물고 있어. 완벽한 서비스. 우리는 왕처럼 지내고 있어. 나는 섬세한 칵테일 기술도 배우고 있고. 굿 키스.

우리는 나디르(Nadir) 호텔에 묵고 있어. 그룹의 모든 사람들과 함께 해변에서 구릿빛으로 몸을 태웠지. 애정을 담아.

---

10 지중해 서부의 제도. 스페인의 자치 지방 중 하나로, 중심 도시는 팔마 데 마요르카.

페르시아 만(golfe Persique) 어딘가에 와 있어요. 날씨가 이상적이에요. 이국적인 음식들. 해저 낚시. 당신을 위해 좋은 생각들을 많이 해요.

스위스(Suisse)의 호텔은 여전히 세계 최고 수준이에요. 이곳의 전경은 장관이고요. 키스를 보냅니다.

라 마르사(La Marsa)[11]에서 보내는 편지. 근사한 해변이야! 나는 하마터면 일사병에 걸릴 뻔했어. 우리는 토요일 저녁에 떠날 거고 시칠리아와 이탈리아를 거쳐서 갈 거야.

우리는 생트로페(St-Trop)에 도착했어! 날씨가 기막히게 좋아. 우리는 모두 한 팀이 되었고. 완벽해! 키스를 보내.

다르다넬라(Dardanella) 호텔에 묵고 있어. 먹기 그리고 빈둥거리기. 난 점점 살찌고 있어. 9월 초에 돌아갈 거야.

우리는 킹 앤 컨트리(King and Country) 호텔에 있어. 일

---

11 튀니지 수도 튀니스 근처 북동쪽에 있는 해안 마을.

급 해변. 태닝을 즐겨. 테니스와 스쿼시도 하고. 모두에게 키스를 보내.

몰타(Malte)를 돌아다니는 중. 날씨가 아주 좋아. 우리는 훌륭한 영국인들과 식사를 함께 하고 있지. 10일 경에 돌아갈 거야.

헝가리(Hongrie)에서의 최고의 추억. 우리는 벌러톤 호수[12]에서 태닝을 했고 승마도 했어. 우정 어린 생각들.

우리는 페캉(Fécamp) 근처에 텐트를 쳤어요. 여러 친구 녀석들과 모래사장에서 햇볕을 쬐며 빈둥거리고 있죠. 당신을 생각해요.

헤레스(Xérès)[13]에서 보내는 반가운 인사. 아주 안락한 방. 정성 가득한 식사. 나는 2킬로나 쪘어. 22일에 돌아갈 거야.

---

12 헝가리 서부에 위치한 중부유럽 최대의 호수.
13 스페인 카디스 주의 '헤레스 데 라 프론테라'라는 도시의 예전 이름.

벨라 비스타(Bella Vista)¹⁴에 있어. 아주 쾌적한 날씨. 미식가를 위한 특선 요리들. 매일 밤 카나스타¹⁵를 하고 있지. 너를 잊지 않고 있어.

네그레스코(Negresco) 호텔¹⁶에 내려와 있어. 날씨가 기막히게 좋아. 모든 것이 완벽해. 나는 감기가 다 나았어. 17일에 돌아갈 거야.

우리는 유카탄(Yucatan) 반도 근해를 항해하고 있어. 이상적인 날씨. 모든 것이 매우 만족스러워. 나는 30킬로그램짜리 작은 상어를 잡았어! 키스를 보내.

얼스터(Ulster)¹⁷에서 바캉스 중. 해변이 아주 아름다워. 아일랜드인들은 훌륭한 사람들이야. 4일에 스트라스부르그에 도착할 예정.

---

14 미국 아칸소주 벤턴 군의 도시.
15 두 벌의 카드로 하는 카드놀이의 일종.
16 1913년 프랑스 니스에 세워진 호텔. 프랑스 정부가 지정한 국립 역사 기념물이자 세계에서 가장 고급스러운 호텔 중 하나로 꼽힌다.
17 아일랜드 북부에 있는 지방. 아일랜드는 4개의 지방으로 구성되며 얼스터는 그 중 하나다.

비아리츠(Biarritz)에서 보내는 반가운 인사. 아, 햇볕에 몸을 태우는 게 얼마나 좋은지. 요트도 조금 타봤어. 키스를 보내.

도빌(Deauville)에 도착했어. 나는 잘 쉬고 있고, 식사는 지나치게 푸짐해. 호텔의 손님들도 매우 친절하고. 수없이 생각해.

힐튼(Hilton) 호텔에 묵고 있어. 수영장에서 일광욕을 하며 빈둥거리고 있고. 모두에게 키스 전해.

루이 14세(Louis-XIV) 호텔에 묵고 있어. 최상급이야. 게다가 날씨도 아주 좋아. 나는 몸매를 유지하기 위해 승마를 하고 있어. 키스를 보내.

아일랜드(Irlande) 횡단 여행을 하고 있어요. 날씨가 아주 좋아요. 풍경이 근사하고요. 햇볕에 탔을 당신들 모습을 생각해요!!!

배를 타고 제일란트(Zélande) 주(州)[18]를 여행하고 있어. 갑

---

18   네덜란드 남서부의 주. 주도(州都)는 미델뷔르흐이며, 스헬데강(江)하구에 있는 6개의 삼
      각주 소도(小島)와 플랑드르에 이어지는 본토로 이루어졌다.

판 위에서 태닝을 하고. 취사당번이 셰프를 맡고 있어! 나는 카드로 점치는 법도 배웠어. 굿 키스.

나는 크노케 르 주트(Knokke-Le Zoute)[19]에 와 있어. 나이트클럽에 사람들이 가득 들어차 있어. 정말 끝내주네. 예정대로 12일에 너와 만날 거야.

아르상레(Ars-en-Ré)[20]에서 보내는 짧은 소식. 매우 아름다운 곳이야. 우리는 해변에 나가. 나는 테니스도 쳤고. 굿 키스.

지르콘(Zircone) 호텔에 묵고 있어. 날씨가 아주 더워. 얼마나 잘 먹고 있는지! 나는 햇볕에 탔어. 볼 키스.

우티카(Utica)[21] 인근에 텐트를 쳤어. 빈둥거리기 그리고 잠자기. 해변에도 나가. 많은 친구들도 사귀었고. 굿 키스.

운테르발트(Unterwald) 호텔에 묵고 있어. 날씨가 좋아. 잘

---

19 벨기에에서 가장 잘 알려진 고급 휴양지.
20 프랑스 서부 샤랑트마리팀 주(州)의 일드레 지역에 있는 코뮌.
21 아프리카 북쪽 해안 Carthage의 서북방에 위치한 고대 도시.

먹고 있고. 야외로 나들이도 나가. 다음 주 일요일에 돌아갈 거야.

인터콘티넨탈(Intercontinental) 호텔에 머물고 있어. 사우나. 일광욕실. 끝내줘! 여자들이 엄청 많아. 천 번의 키스.

우리는 사르데냐(Sardaigne)를 횡단하고 있어. 여기저기서 태닝을 하고. 햇볕에 탔어! 최고의 파스타! 다음 주 수요일에 돌아갈 예정이야.

우리는 그리스(Grèce)를 여행하고 있어요. 바닷가에서 근사한 낮잠을 즐기고요. 아주 호감 가는 사람들을 많이 만났어요. 당신을 자주 생각해요.

우리는 잭슨그레이드(Jacksongrad)에 와 있어. 건강을 회복하는 중이야. 날씨가 이상적이고. 아무튼 난 햇볕에 몸을 태우는 데 성공했어! 그래야만 했거든! 내 모든 생각은 너를 향하고 있어.

케추아족(Quichua)[22] 마을에서 전하는 소식 : 맑은 날씨 지속. 이국적인 요리. 나는 승마도 했어. 27일에 돌아갈 거야.

우리는 에스메랄다(Esmeralda) 펜션에서 숙박할 방을 찾았어요. 아름다운 날씨. 우리는 해변에 놀러 나가요. 남자, 여자 친구들도 많이 사귀었고요. 당신을 생각해요.

트리아농(Trianon) 호텔. 매우 안락함. 우리는 잘 쉬고 있어. 매일 아침 수다를 떨고. 일요일 저녁에 돌아갈 거야.

우리는 생트로페 해안(côte tropézienne)을 따라 여행하고 있어. 햇볕에 몸을 구릿빛으로 태우고 있고. 아, 비키니를 입으니까 얼마나 편한지! 나는 많은 친구들을 사귀었어. 키스를 전해.

루시용(Roussillon)[23] 지방을 관광하고 있어. 해변에서 아름답고 긴 시간들을 보내고 있지. 일사병에 걸리지 않게 조심해

---

22 에콰도르에서 볼리비아에 이르는 안데스 산맥 고지대에 사는 남아메리카 인디오. 흔히 잉카족이라고 불린다.
23 프랑스 옥시타니 레지옹에 있었던 옛 지방. 현재의 피레네조리앙탈 지방의 대부분에 해당한다.

야 하지만 말야. 23일에 투르로 돌아갈 거야.

바스티아(Bastia)에서 보내는 최근 소식 : ≪ 코르시카식 ≫ 휴식, 아름다운 인생. 수많은 친구들을 알게 되었어요. 모두에게 키스 전합니다.

베르부아(Vertbois)에 텐트를 쳤어. 아름다운 날씨. 해변에서의 날들. 나는 햇볕에 탔어. 천 번의 생각.

우리는 피스터호프(Pfisterhof) 호텔에 묵고 있어요. 호숫가에서의 아름다운 날들. 요트도 조금 탔어요. 모두에게 키스를 보냅니다.

스텔라 마투티나(Stella Matutina) 호텔에 묵고 있어. 오랜 시간 동안 태닝을 했고. 아주 정성스럽게 준비된 식사. 같은 테이블에 앉은 이들과 카드놀이도 했어. 수많은 생각들.

우리는 보클뤼즈(Vaucluse)[24]를 횡단하고 있어. 멋진 날씨야.

---

24 프랑스 남동부의 현. 서쪽에 론 강, 남쪽에 뒤랑스 강이 흐름. 현도는 아비뇽.

론강에서의 물놀이. 나는 승마도 했어. 다정한 생각들.

오레곤(Oregon)을 샅샅이 훑고 다니고 있어. 감탄스러운 경관들. 모피사냥꾼들의 음식. 양키들은 대단한 사람들이야. 키스를 보내.

누메아(Nouméa)[25]에서 보내는 편지. 우리는 태닝하고 식사하고, 다시 태닝하고 심지어 직접 요리도 해. 2일에 돌아갈 생각이야.

칼비(Calvi)[26]에서 보내는 반가운 인사. 날씨가 좋아. 하루 종일 해변에서 친구들과 보내고 있어. 천 번의 키스.

우리는 리옹 도르(Lion d'Or) 호텔에 방 하나를 예약했어. 순전히 거기서 자기 위해, 그곳에 가는 거야! 그것만으로 기분 좋아지거든. 우리는 기운을 되찾고 있어. 14일에 생테티엔으로 돌아갈 거야.

---

25   뉴칼레도니아 프랑스 특별 자치령의 수도이자 최대 도시.
26   프랑스 남동부, 오트코르스 주의 항구도시. 지중해 코르스(코르시카) 섬 북서안에 위치.

퀴리날(Quirinal) 호텔에 묵고 있어. 테라스에서의 긴 휴식. 호화로운 식사. 저녁에는 바카라 게임도 조금 해. 키스를 보내.

덴마크(Danemark)에서 휴가 중. 날씨가 좋아. 해변이 아주 아름답고. 덴마크 여성들은 엄청나! 6일에 돌아갈 거야.

우리는 마르티니크(Martinique)에 와 있어. 아름다운 곳이야. 푸른 바다가 정말 끝내줘! 우리는 큰 물고기 낚시를 하러 갔어. 다정한 생각들.

우리는 라구사(Raguse)[27] 근처에 배낭을 내려놓았어요. 햇볕에 태닝도 했고요. 만족스러운 식사. 그래도 저는 몸무게를 2킬로그램 줄이는 데 성공했어요. 당신을 생각해요.

오스텐더(Ostende)[28]에서 전하는 짧은 소식. 날씨가 좋아. 우리는 아주 잘 쉬고 있어. 나는 새우를 실컷 먹었고. 19일에 돌아갈 거야.

---

27 이탈리아 시칠리아섬 남동부에 위치한 도시.
28 벨기에 플랑드르 지역 서플랑드르 주의 해안 도시. 넓은 해변과 카지노 단지가 있는 해양 휴양 관광지다.

알함브라(Alhambra) 호텔에 묵고 있어. 우리는 왕자들처럼 지내. 성(城)에 살고 있는 듯한 느낌. 박물관이 매우 아름다워. 천 번의 생각.

슈발 도르(Cheval d'Or) 호텔에 와 있어. 하지만 해변이 좀 아쉽네(햇볕은 괜찮은데). 보름 후에 돌아갈 거야.

우리는 트로아스(Troade)[29] 지역을 돌아다니고 있어. 잊을 수 없는 장소들. 아름다운 날씨. 때때로 신기한 음식들. 천 번의 키스.

우리는 마시프상트랄(Massif central)[30]에서 단체여행을 하고 있어. 팀 전체와 함께 한 장거리 하이킹. 정말 근사했어! 31일에 파리에 도착할 거야.

우리는 드라기냥(Draguignan)[31]에 와 있어. 매일 바닷가에 나가 태닝을 해. 나는 미니 골프도 치고. 진한 입맞춤을 듬뿍

---

29 터키 아나톨리아 북서부에 위치한 비가 반도의 역사적 이름. 현재 이 지역은 터키 차나칼레주의 일부이다.
30 프랑스 중남부에 있는 고원 모양의 산악지대.
31 프랑스 남동부 프로방스알프코트다쥐르 주에 속한 도시.

보내.

케르케나(kerkennah) 섬에 도착했어. 날씨가 좋아. 우리는 한 팀이 되어 느긋하게 쉬고 있어. 너를 자주 생각해.

제너두(Xanadu) 호텔에 묵고 있어. 호화롭고 고요하고 관능적인 곳이네! 감미로운 음식들. 아빠는 살이 쪘단다. 천 번의 키스.

데 팽(des Pins) 호텔에 묵고 있어. 해변에서 태닝을 하고 스크래블 게임도 해. 천 번의 다정한 생각들.

잔지바르(Zanzibar)에서 휴가 중. 햇볕이 따갑게 내리쬐지만, 음식은 맛있어요. 당신 생각을 많이 합니다.

시칠리아(Sicile)를 횡단하고 있어. 햇볕에 구릿빛으로 몸을 태웠고. 당나귀를 타고 산책도 함. 천 번의 키스.

브라이튼(Brighton)에서 보내는 짧은 소식. 우리는 영국의 햇살 아래서 태닝을 하고 있어. 아주 친절한 사람들을 많이 만

남. 8월 말에 돌아가서 전화할게.

나르본(Narbonne)에서의 바캉스. 완벽한 고요, 가정식 카술레[32]. 몸매 유지를 위한 약간의 페탕크 놀이. 안녕.

유구르타(Jugurtha) 호텔에 와 있어. 충분한 휴식과 해변 나들이. 친구들도 사귀었어. 8일이나 9일 경에 돌아갈 생각이야.

요요(Yoyo) 모텔에 묵고 있어. 컬러 TV와 그 밖의 모든 게 다 있어! 멋지네! 모두에게 키스를 보내.

아르덴(Ardenne)[33]에서 막 돌아왔어. 날씨가 정말 좋았어. 모든 게 완벽했고. 승마도 많이 했어. 이번 일요일에 파리에 갈 예정이야.

유대 지역(Judée)을 돌아보고 있어. 우리는 햇볕에 토마토처럼 벌겋게 익었지. 수많은 우정 어린 생각들.

---

32 cassoulet: 프랑스 랑그독 지방의 특선 요리. 돼지 껍데기와 양념, 향신 재료를 넣고 익힌 흰 강낭콩과 각종 고기를 푹 익혀 그라탱처럼 마무리한 스튜의 일종.
33 프랑스 북동부의 주. 벨기에 국경과 접해 있음.

우리는 드디어 울가트(Houlgate)[34]에 도착했어. 햇볕에 몸을 태웠고. 얼마나 행복한지! 나는 구슬 게임에서 32프랑을 땄어! 우정 어린 생각들.

우리는 라방두(Lavandou)[35]에 도착했어. 아름다운 곳이야. 맛있는 음식을 많이 먹고 있어. 많은 친구들도 사귀었고. 25일에 돌아갈 거야.

오코너(O'Connor) 호텔에 묵고 있어. 해변에서 빈둥거리기. 나는 햇볕에 탔어. 수없이 생각해.

얄타(Yalta)에 머물고 있어. 날씨가 아주 좋아. 정성 가득한 음식. 친(親)프랑스적인 분위기. 29일에 돌아갈 거야.

우리는 베네토(Vénétie) 지역을 돌아다니고 있어. 날씨가 정말 좋아. 아, 얼마나 좋은 시간을 보내는지! 나는 햇볕에 탔어. 키스를 보내.

---

34   프랑스 북서부 노르망디지방 칼바도스 주에 속한 코뮌.
35   지중해 연안 프로방스 알프스 코트다쥐르(Provence-Alpes-Côte d'Azur) 지방의 Var 부서에 속한 코뮌.

지롱드(Gironde) 지방을 아래에서부터 위까지 훑고 다니고 있어. 우리는 잘 지내. 제조년도가 붙어 있는 샤토 와인들과 비슷한 수준의 다른 와인들. 나는 모조새 사격도 해봤어. 21일에 돌아갈 거야.

추크(Zoug)[36] 근처에서 캠핑하고 있어요. 고요하고 평안해요. 호숫가가 너무 아름답고요. 저는 서핑도 하고 있어요. 당신을 생각합니다.

이파네마(Ipanema)[37]에서 보내는 반가운 인사. 이곳은 대단히 아름다워. 야자나무 아래서 즐기는 떠들썩한 파티! 슬프게도, 5일에 돌아가야 해.

우리는 영국(Angleterre)에 있어요. 조용하고 평화롭네요. 해변에 가곤 해요. 저는 승마도 하고요. 당신을 생각해요.

인버네스(Inverness)에서 보내는 반가운 인사! 계절에 맞는

---

36   스위스 추크 주의 주도. 추크호(湖)의 북동 호안에 위치한다.
37   브라질 리우데자네이루 주 리우데자네이루의 한 지역. 레블론과 아르포아도르 사이에 위치.

좋은 날씨야. 만족스러운 음식. 우리는 종아리 근육을 단련하고 있어. 수없이 생각해.

리바 벨라(Riva Bella) 펜션은 기막히게 좋은 곳이야. 아름다운 날씨. 좋은 음식. 나는 수상 스키를 즐기고 있어. 안녕.

듄(Dunes) 호텔에 묵고 있어. 오랜 시간 동안의 태닝. 우리는 잘 쉬고 있어. 매일 밤 사람들 가득한 나이트클럽에서 저크[38] 춤을 추지. 파리에 남아 있는 사람들을 수없이 생각해.

북해(mer du Nord)를 항해하는 중. 우리는 태닝을 하지 않지만 그래도 잘 지내고 있어. 물고기가 미끼를 물어주네. 다정한 생각들.

러시아(Russie)에서 다정한 키스를 보내! 탐험가들은 흑해 해변에서 늘어지게 쉬고 있어. 아주 열정적인 사람들을 한 무리나 만났네.

---

38 Jerk: 온 몸을 격렬하게 움직이며 추는 춤. 1960년 말에서 1970년대 초 사이 유럽에서 유행했다.

우리는 엑서터(Exeter) 인근에서 캠핑 중이야. 빈둥거리기. 되게 신나. 나는 햇볕에 탔어. 곧 돌아갈 거야.

우리는 트로페아(Tropea)[39] 근처에 도착했어. 멋진 날씨와 촛불 아래서의 저녁식사. 족히 열두 명 정도 되는 친구들과 어울리고 있어. 키스를 보내.

헤겔 운트 자인(Hegel und Sein) 펜션에 머물고 있어. 계절에 딱 맞는 이상적인 날씨. 멋진 해변. 햇볕이 강하게 내리쬐고 있어. 예정대로 이달 말에 돌아갈 거야.

라 메르(la Mer) 호텔에서는 모든 것이 완벽해. 우리는 카지노에 가곤 해. 키스를 보내.

핀란드(Finlande)를 횡단하면서 자정의 태양 아래서 태닝을 해. 지역 주민들과의 아주 흥미로운 만남들. 이달 중순에 돌아갈 생각이야.

---

39   이탈리아 남서쪽 칼라브리아 지역의 비보 발렌티아 주에 있는 도시.

우리는 피니스테르(Finistère) 주[40]에 와 있어요. 휴식과 식도락. 성도 몇 번 방문했어요. 당신을 생각해요.

우리는 포르크로(Port-Cros) 섬[41]에 와 있어요. 빈둥거리기. 아름답고 완벽해요. 우리는 더글라스 가족을 만났고, 이내 한 팀이 되었어요. 당신 생각을 많이 해요.

사블돌론(Sables-d'Olonne)[42]에서 보내는 편지. 날씨가 좋아. 우리는 해변에 가곤 해. 나는 햇볕에 탔어. 28일에 돌아갈 거야.

라 크루아제트(la Croisette) 호텔에 묵고 있어요. 날씨가 좋아요. 해변에 나가고요. 저는 탁구 대회에서 우승했어요. 당신 생각을 자주 해요.

엥가딘(Engadiner)[43] 지역에 묵고 있어. 매우 세련된 서비스. 풍요로운 식사. 나는 위장을 조심하고 있어. 다음 주에 돌

---

40 프랑스의 주로, 브르타뉴 지방 최서단에 위치.
41 프랑스 동남부 항구 도시 툴롱의 인근 바다에 위치한 작은 섬.
42 대서양에 접한 프랑스 서부의 해변 마을.
43 스위스 그라우뷘덴 주의 지역.

아갈 거야.

우리는 포레누아르(Forêt-Noire)[44] 한복판에 머물고 있어. 계절에 맞는 날씨. 멋진 나들이. 던질 낚시도 조금 해봤어. 키스를 보내.

콩탕탱(Cotentin)[45] 반도를 돌아다니면서 아주 느긋하게 보내고 있어. 미식가적인, 하지만 경제적이지는 않은 여정. 우연히 꽤 많은 친구들을 만나게 됐어. 16일에 돌아갈 예정.

우리는 망통(Menton)에 도착했어. 태닝을 하고 있지. 잘 먹고 있고. 나는 미니 골프도 쳤어. 굿 키스.

우리는 캥페르(Quimper)[46]에 와 있어요. 날씨가 좋아요. 많은 친구들과 함께 해변에 가곤 해요. 당신을 생각해요.

퀜틴 더워드(Quentin Durward) 호텔은 비할 데 없이 좋은

44 독일 바덴뷔르템베르크에 있는 거대한 숲이 우거진 산맥.
45 프랑스 북서부 해안의 일부를 형성하는 노르망디의 반도.
46 프랑스 브르타뉴 지방의 도시.

최고의 호텔이야. 우리는 매번 숙면을 취해. 완벽해. 나는 건강을 회복하고 있어. 안녕.

라 베(la Baie) 호텔에 묵고 있어요. 낮잠. 식사. 테니스도 많이 쳐요. 당신을 생각해요.

리옹(Lion) 만(灣)을 여행하고 있어. 근사한 날씨. 우리는 물놀이를 하곤 해. 나는 햇볕에 탔고. 수없이 생각해.

에버글레이드(Everglades) 습지[47]를 돌아다니고 있어. 여행할 만한 곳이야. 정말 아름다워. 나는 수상스키 챔피언이 되어가고 있어. 키스를 보내.

우리는 앙티브(Antibes)에 와 있어. 햇볕에 몸을 구릿빛으로 태우고 있고. 비싸지 않은 작은 식당들. 앙티브 여자들은 그렇게 콧대 높지 않아! 다음 주 화요일에 파리에 도착할 거야.

카다케스(Cadaquès)[48]에서 보내는 반가운 인사. 구름 한 점

---

47 미국 플로리다 주 남부의 대습지대.
48 바르셀로나에서 차로 2시간 30분 거리에 있는 스페인 휴양도시.

없는 하늘. 정말 잘 지내고 있어. 나는 수상 스키도 타고. 굿 키스.

라 플라주(la Plage) 호텔에서 지내고 있어. 빈둥거리기. 친구들과의 즐거운 식사. 13일에 브리브[49]로 돌아갈 거야.

워체스터(Worcester) 호텔에 묵고 있어. 해변에서 누워 지내지. 태양 그리고 내려쬐는 햇볕. 아얏! 볼 키스.

우리는 뤼베롱(Lubéron)[50] 일대를 여행하고 있어. 날씨가 아주 좋아. 완벽에 가깝게 잘 먹고 있어. 나는 페탕크 놀이도 즐기지. 이번 달 말에 돌아갈 거야.

노르카프(cap Nord)[51] 지역을 횡단했어. 자정의 태양 그리고 모든 것! 여행할만한 가치가 충분했어. 수없이 생각해.

크세노스(Xenos)에서의 짧은 소식. 해저 낚시를 두 번 했

---

49 Brive: 프랑스 남서부에 위치한 도시. 정식 명칭은 '브리브라가야르드'지만, 줄여서 브리브로 부름.
50 프로방스에 위치한 서알프스의 저지대 산악 지대.
51 Nordkapp: 노르웨이 핀마르크 주에 위치한, 노르웨이에서 가장 북쪽에 위치한 도시.

고, 그 사이에는 해변에서 태닝을 하며 보냈어. 수없이 생각해.

포지타노(Positano) 근처에서 캠핑 중이야. 아주 많은 친구들을 알게 되었어. 날씨가 좋아. 정말 근사해. 20일에 돌아갈 거야.

미모사(Mimosa) 펜션에 묵고 있어. 빈둥거리기, 낮잠 그리고 소박한 식사들. 나는 햇볕에 탔어. 수많은 다정한 생각들.

오르탕시아(Hortensias) 호텔에서의 추억. 화창한 날씨. 모든 사람들이 만족해하고 있어. 18일에 로슈로 돌아갈 거야.

플로리다(Floride)를 방문하고 있어. 기막힌 날씨. 훌륭한 햄버거. 그래도 약간의 향수병을 느껴. 키스를 보내.

뷔르템베르크(Wurtemberg) 지역을 돌아다니고 있어. 멍청한 태닝보다 이게 낫지. 나는 승마도 해. 1일에 파리에 도착할 거야.

우리는 저지(Jersey) 섬에 와 있어. 아, 얼마나 좋은 시간인지.

심지어 나는 햇볕에 타기도 했어! 키스를 보내.

우리는 전설적인 이스(Ys)[52] 지역 근처에 텐트를 쳤어요. 빈 둥거리기 그리고 낮잠. 잘 먹고 있어요. 저는 요트도 타고요. 당신들 모두를 수없이 생각해요.

우리는 요크 에 마이앙스(York et Mayence) 호텔에 묵고 있어. 정말 고급스러워. 호텔 전용 해변도 있고. 상류층 고객들. 키스를 보내.

뤼니옹(l'Union) 호텔에 묵고 있어. 아름다운 날씨. 우리는 완벽한 휴식을 취하고 있어. 마르크는 건강을 완전히 회복했고. 우정 어린 생각들을 해.

가족 모두와 함께 칼라브리아(Calabre)[53] 지역을 돌아다니고 있어. 아 얼마나 웃기는지, 너도 봤어야 했는데! 행복한 생

---

52 프랑스 신화 '이스의 전설' 속에 나오는 도시. 브르타뉴 지방의 두아르느네 만 부근에 있었던 것으로 추측되며, 해수면 보다 낮아 제방으로 보호되고 있었으나 타락한 공주와 악마가 제방의 문을 열어 파도에 잠겨버렸다는 이야기가 전해 온다.
53 이탈리아 남서부에 지중해에 면한 지역. 이탈리아의 장화 모양의 앞굽에 해당하는 위치에 있다.

각들.

모로코(Maroc)를 돌아다니고 있어. 환상적인 해변들. 햇볕에 온몸이 탔어! 안녕.

오스티(Ostie) 근처에서 캠핑하고 있어. 햇볕에 태닝을 하고. 끝내줘! 나는 브리지 게임하는 법을 배웠어. 26일에 돌아갈 거야.

나는 베르고프(Berghof)[54]를 방문했어. 근사한 곳이야. 태양 아래서 물놀이도 하고 낮잠도 많이 자. 보름 후에 돌아갈 거야.

앵그르 에 드 라 포스트(Ingres et de la Poste) 호텔에 묵고 있어. 아주 아름다운 곳이야. 나는 해변에서 승마를 했어. 8일에 돌아갈 거야.

지롤라타(Girolata)[55]에서 보내는 짧은 소식. 해변에서의 긴

---

54 독일 바이에른 베르히테스가덴 지역에 있는 아돌프 히틀러의 휴양지. 히틀러가 묵었던 건물은 철거되었고, 현재는 숲이 조성되어 골프장과 호텔 등이 들어서 있다.
55 코르시카 섬 서쪽의 만으로, 프랑스 최초의 자연문화 유산으로 지정된 곳.

휴식. 나는 햇볕에 탔어. 24일에 돌아갈 거야.

칸다하르(Kandahar)에 와 있어. 호숫가에서의 긴 휴식, 테니스 시합, 저녁 시간의 브리지 게임. 수없이 생각해.

아드리아티카(Adriatica)에 있어. 날씨가 좋아. 아주 잘 먹고 있어. 나는 햇볕에 탔고. 월요일에 파리에 도착할 거야.

우리는 미국(USA)을 방문 중이에요. 편히 지내고 있어요. 그리 나쁘지 않게 먹고 있고요. 저는 햇볕에 탔어요. 우리의 생각은 당신을 향해 있어요.

레조디칼라브리아(Reggio de Calabre)[56]에서 전하는 최신 소식! 해변에서 빈둥거리기. 우리는 모두 한 팀이 되었어요. 당신을 잊지 않고 있어요.

제르바(Djerba) 섬[57]에서 보내는 편지. 멋진 날씨. 내 친구 쿠스쿠스. 나는 가재처럼 벌겋게 탔어. 8월 말에 돌아갈 거야.

---

56 이탈리아 칼라브리아 주에 있는 항구도시.
57 튀니지 동남부에 위치한 섬. 튀니지에서 가장 큰 섬이자 지중해에서 15번째로 큰 섬이다.

너에게 르 솔레이유 도르(Le Soleil d'Or) 호텔을 추천해. 해가 잘 드는 테라스. 최상급 음식. 매일 저녁 브리지 게임 : 6SA를 올인으로 성공했을 때 네 생각이 났어!!!

우리 주소 : 제라니움(Geraniums) 모텔. 우리는 햇볕에 구워졌어! 최고야! 곧 돌아갈 거야.

우리는 자바(Java) 섬을 여행하고 있어. 햇볕에 그을린 피부, 랜드로버를 타고 떠나는 긴 일주 여행. 아주 멋지지! 천 번의 키스를 보내.

배를 타고 뉴칼레도니아(NouvelleCaledonie) 근해를 돌아다니고 있어. 빈둥거리기. 해변들. 많은 친구들. 10월 초에 돌아갈 거야.

앙다이(Hendaye)[58]에서 보내는 편지. 빈둥거리기 그리고 낮잠. 아, 얼마나 좋은지! 나는 서핑도 해. 천 한 번의 키스를 보내.

---

58   프랑스 남서부 누벨아키텐 지방 피레네아틀랑티크 주에 속한 항구 도시.

우리는 라 시오타(La Ciotat) 근방에 텐트를 쳤어. 멋진 날씨. 맛있는 음식도 해 먹었어! 스물다섯에서 삼십 명 정도 모이는 진짜 술자리들. 그래도 항상 너를 생각해. 이 엽서가 그 증거야!

트로글로디트(Troglodytes) 호텔에 숙박하고 있어. 날씨가 좋아. 매일 바다에 나가고. 나는 햇볕에 탔어. 굿 키스.

우리는 롱세레(Ronceray) 호텔에 있어요. 태닝을 해요. 모든 게 완벽하고요! 배구도 자주 해요. 당신을 생각합니다.

우리는 벨기에 연안(côtes belges)을 따라 항해하고 있어. 바다 바람을 맞으며 태닝을 해. 아, 이것도 나쁘지 않네. 나는 해파리에 쏘이기도 했어. 우정 어린 생각들.

바르(Var) 주[59]를 방문 중이야. 좋은 휴식과 좋은 식사를 많이 하고 있어. 걷기도 좀 하고. 천 번의 키스.

---

59   프랑스 남동부에 위치한 프로방스알프코트다쥐르 지방의 한 주.

카르제즈(Cargèse)[60]에서 보내는 반가운 인사. 우리는 느긋하게 시간을 보내고 있어. 정말 좋아. 친구도 많이 사귀었고. 이번 달 말에 돌아갈 거야.

우리는 앙기앵(Enghien)에 도착했어. 날씨가 좋아. 호수에서의 보트 놀이. 카지노에서 보내는 밤. 굿 키스.

빌라 블랑슈(Villa Blanche) 숙소에 방을 얻었어. 빈둥거리기 그리고 잠자기. 아, 우리는 정말 잘 지내고 있어. 아주 매력적인 노부부와 알게 되었어. 예정대로 30일에 돌아갈 거야.

저는 오드라덱(Odradek) 호텔에 묵고 있어요. 여기서 세심한 보살핌을 받고 있고요. 식사는 아주 정성스럽게 준비되어요. 이곳의 사우나도 정말 좋아요. 모두에게 키스 전해요.

노르망디 해안(Côte normande)을 여행하고 있어. 날씨가 화창해. 우리는 해변에 나가고. 나는 많은 작은 보루들의 사진을 찍었어. 23일에 툴루즈에 도착할 거야.

---

60 프랑스 코르시카 섬의 서북쪽 해안에 있는 마을.

우리는 코르시카(Corse) 섬을 횡단하며 여행하고 있어. 긴 휴식과 지역 산물들 맛보기. 우리는 점점 살찌고 있어. 천 번의 생각.

캠페를레(Quimpérle)[61]에서 보내는 짧은 소식! 우리는 햇볕에 몸을 태우고 있어. 해산물들을 왕창 먹고 있고. 나는 크레이프 만드는 법을 배웠지. 천 번의 생각.

우리는 베르크(Berck)[62]에 와 있어. 날씨가 좋아. 해변에도 나가고. 많은 친구들을 사귀었어. 14일 저녁에 돌아갈 거야.

델라 프란체스카(della Francesca) 호텔에 묵고 있어. 빈둥거리기 그리고 미술관 관람. 격한 감동! 사진을 많이 찍었어. 천 번의 생각들.

뒤 미디(du Midi) 호텔에 묵고 있어. 해변에서 태닝을 해. 많은 친구들을 사귀었어. 2일 혹은 3일 경에 돌아감.

---

61   프랑스 서부 브르타뉴지방 피니스테르 주에 속한 도시.
62   프랑스 북부 파드칼레 주에 속한 코뮌.

루마니아(Roumanie)를 방문 중이예요. 멋진 날씨. 이곳의 해변은 아주 근사해요. 저는 햇볕에 탔고요. 키스를 보냅니다.

우리는 올레롱(Oléron)[63] 섬을 탐험하고 있어. 매력적인 곳이야. 말을 타고 떠나는 장거리 하이킹. 슬프게도, 3일 후에 떠나야 해!

우리는 페로스 기렉(Perros-Guirec)[64]에서 멀지 않은 곳에서 캠핑하고 있어. 해변에 너무 오래 머물러서 햇볕에 탔어. 키스를 보내.

빈터투르(Winterthur)[65] 근처에 텐트를 쳤어. 더운 날씨. 우리는 잘 지내. 가벼운 여행도 다니고 있어. 우정 어린 생각들.

우리가 묵고 있는 모텔의 이름은 르 타가다(Le Tagada)야. 조용하고 다 괜찮아. 멀지 않은 곳에 있는 별 두 개짜리 호텔에는 소울음 소리를 내는 희한한 손님들이 있어! 키스를 보내.

---

63   프랑스 누벨아키텐 지방의 가스코뉴 만에 위치한 섬.
64   프랑스 브르타뉴 지방의 코트다르모르 주에 속한 코뮌.
65   스위스 북동부에 있는 도시.

크산티페(Xanthippe) 호텔에 묵고 있어요. 해변에는 태양이 강하게 내리쬐고 있고요. 사무실 직원 모두를 수없이 생각해요.

우리는 달마티아(Dalmatie) 지방을 돌아다니고 있어. 아주 멋진 날씨. 프랑스 사람들을 많이 만났어! 엄청 맛있는 치즈도 먹었고. 다정한 생각들.

바스크(basque) 해안을 따라 여행하고 있어. 잇 이즈 베리 인터레스팅. 아, 얼마나 만족스러운지. 키스를 보내.

메노르카(Minorque) 섬[66]에서 보내는 반가운 인사. 우리는 해변에서 태닝을 해. 나는 수상 스키도 타고. 최대한 늦게 돌아갈 거야!

우엘바(Huelva)[67] 근처에서 캠핑 중이야. 푹 쉬고 있고 실컷 먹고 있어. 나는 햇볕에 탔지. 굿 키스.

---

66 지중해 서부, 에스파냐령 발레아레스 제도에 속한 섬.
67 스페인 남서쪽 끝에 위치한 도시. 안달루시아 지방에 속한다.

짐머호프(Zimmerhof) 호텔에 묵고 있어. 절대적 고요의 시간. 호화로운 식사. 호텔의 갤러리는 화려함 그 자체였어. 루이즈 생일에 맞춰 파리에 갈 거야.

우리가 묵고 있는 호텔의 이름은 레 사블르 도르(Les Sables d'Or)야. 날씨가 좋아. 아, 얼마나 만족스러운지! 사람들이 아주 친절해. 키스를 보내.

우리는 코스타 브라바(Costa Brava)를 탐험하고 있어. 날씨가 좋아. 잘 먹고 있고. 나는 햇볕에 탔어. 17일 오전에 돌아갈 예정.

노르망디의 섬들(iles normandes)을 방문하고 있어. 해변에서 태닝도 좀 하고. 친구들을 꽤 많이 사귀었어. 우정 어린 생각들.

일디외(ile d'Yeu)[68] 섬에서 전하는 소식! 햇볕에 너무 오래 누워 쉬었어요. 그래도 얼마나 좋은지요! 당신을 생각해요.

---

68 프랑스 서부 비스케이만에 있는 섬.

위트레흐트(Utrecht)에서 보내는 편지. 이곳은 정말 아름다워. 우리는 인도네시아 음식을 먹었어. 오래된 멋진 집들을 구경했고! 5일에 돌아갈 거야.

제노필로스(Xenophilos) 펜션에 방 하나를 얻었어. 해변에서 빈둥거리기. 나는 많은 여자 친구들을 사귀었어. 너에게 그녀들을 소개해줄게!!

아이티(Haïti) 횡단 여행을 하고 있어. 이상적인 날씨. 모든 것이 완벽해. 사람들은 매우 상냥하고. 키스를 보내.

우리는 레이크 디스트릭트(Lake District) 지역[69]을 돌아다니고 있어. 베리 로맨틱, 하지만 햇볕에 탈 가능성은 없어. 19일에 돌아가.

이오스(Ios)[70] 섬에 와 있어. 아, 모두 바싹 붙어서 태닝을 하는 게 얼마나 즐거운지. 볼 키스.

---

69   영국 잉글랜드 북서부의 호수가 많은 지역.
70   에게해의 그리스 키클라데스 지역에 있는 섬.

요크(York) 섬 연안을 여행하고 있어. 갑판 위에서 태닝을 해. 매끼 식사마다 생선이 나오고. 나는 요트 타는 법을 배우고 있어. 모든 이들을 수없이 생각해.

바르나(Varna)에서 바캉스 중. 정말 근사해! 우리는 햇볕에 구릿빛으로 몸을 태워. 우리 팀 모두가 유쾌한 사람들이야. 많은 생각들.

나는 마의 산(Zauberberg)에 와 있어. 아름다운 날씨야. 아주 잘 먹고 있고. 재미있는 사람들을 많이 만났어. 키스를 전해.

카사망스(Casamance)[71] 지역을 돌아다니고 있어. 멋진 날씨. 나는 햇볕에 탔지만, 그래도 기분은 최고야! 4일에 돌아가.

우리는 튀니지 남부(Sud tunisien)에서 모두 한 패가 되었어. 아름다운 인생, 양고기 요리 그리고 다른 모든 것. 키스를 보내.

---

71 카사망스 강을 포함한 감비아 남부의 세네갈 지역.

그리스 섬들(îles grecques)을 돌아다니고 있어. 성게 비슷한 것들을 얼마나 많이 먹었는지! 사람들은 정말 친절히 대해줘. 와우! 하지만 곧 돌아가야 하네!

우리는 여유롭게 옛 일리리아(Illyrie) 지역[72]을 돌아다니고 있어. 아름다운 해변들. 노새를 타고 다니는 산책. 천 번의 키스.

우리는 사블도르레팽(Sables-d'Or-les-Pins) 지역에 와 있어. 아, 아무 것도 안 하는 게 얼마나 달콤한 일인지! 해변에서의 긴 휴식. 수많은 좋은 녀석들. 슬프게도, 모레 떠나.

우리는 히혼(Gijon)에 와 있어. 구름 한 점 없는 하늘. 날마다 먹는 파에야. 아름다운 나들이. 굿 키스.

나폴리(Napoli) 호텔에 묵고 있어. 환상적인 날씨. 하루 종일 해변에서 시간을 보내고 있지. 나는 많은 친구들을 사귀었고. 22일 저녁에 아르망티에르로 돌아갈 거야.

---

72 고대의 한 지역으로 오늘날 발칸반도 서부에 해당.

움베르토(Umberto) 펜션에서는 기분이 최고가 돼. 나는 햇볕에 탔어. 뽀뽀.

우리는 에게 해(mer Égée)에 있어. 태닝을 즐기고 있지. 나는 수상스키도 타고. 정말 재미있어. 11일에 돌아갈 예정.

우리는 타란토(Tarente) 만(灣)[73]을 따라 여행 중이예요. 라 돌체 비타! 고운 모래사장. 저는 햇볕에 몸을 많이 태웠어요! 당신 생각을 아주 많이 해요.

타히티(Tahiti)에서 보내는 짧은 소식. 빈둥거리기 그리고 우쿠렐레. 천국 같아! 나는 승마도 해. 우정 어린 생각들.

로스코프(Roscoff)에서 보내는 짧은 소식. 날씨가 좋아. 아주 잘 먹고 있어. 친구들도 사귀었고. 26일에 돌아갈 거야.

플뢰르(Fleurs) 호텔에 방 하나를 얻었어. 날씨가 좋아. 우리는 해변에 놀러 나가고. 햇볕에 탄 내 모습을 보게 될 거야. 천

---

73 이탈리아 남동부 이오니아해의 일부를 이루는 만. 장화 모양의 이탈리아반도의 뒤꿈치와 발부리 사이의 후미에 해당한다.

번의 생각.

피츠제임스(Fitz-James) 호텔에 묵고 있어. 정성껏 차린 진수성찬. 아주 쿨한 분위기의 바. 월요일에 돌아갈 거야.

펠로폰네소스(Péloponnèse) 반도를 여행하고 있어요. 햇볕이 내리쬐어서 큰 모자를 쓰고 있지만, 아주 만족해요. 키스를 보내요.

우리는 세네갈(Sénégal)을 여행하고 있어. 피곤해, 하지만 열정이 넘치지. 유일한 문제는 음식. 바나나 농장도 방문했어. 30일에 파리로 돌아갈 거야.

우리는 비야블랑카(Villablanca)[74]에 와 있어요. 태닝을 즐겨요. 음식은 아주 괜찮고요. 저는 살이 쪘어요. 키스를 보냅니다.

위스트레암(Quistreham)[75]에서의 작은 추억. 날씨가 좋아요.

---

74 스페인 안달루시아 지방 우엘바 주에 위치한 자치시.
75 프랑스 노르망디 지방 칼바도스 주에 속한 코뮌.

해변을 방문하고요. 저는 서핑도 해요. 당신을 많이 생각해요.

우리는 바그너(Wagner) 펜션에서 묵을 방을 찾았어요. 음악적인 분위기. 매혹적인 곳이에요. 아주 재미있는 사람들도 많이 만났어요. 진한 키스를 보내요.

카를스바트(Karlsbad) 호텔에서의 추억. 기분 좋은 온천 요양. 최고의 식사. 나는 약간 살이 빠졌어. 우정 어린 생각들을 많이 해.

우리 일행은 랑그독(Languedoc) 지방을 돌아다니고 있어요. 날씨가 좋네요. 우리는 해변에 갈 거예요. 당신을 생각해요.

우리는 키브롱(Quiberon)[76]을 횡단하고 있어요. 달콤한 무위. 아주 잘 먹고 있어요. 저는 뱃살이 약간 늘었어요. 키스를 보내요.

두브로브니크(Doubrovnik)에서의 최신 소식. 태닝을 즐기

---

76   프랑스 서부 브르타뉴 주 모르비앙 현에 위치한 코뮌.

고 있어. 체밥치치[77]를 먹었고. 나는 도기(陶器)도 만들었어. 12일에 돌아갈 거야.

우리는 모나스티르(Monastir) 근처에서 캠핑하고 있어. 눈부신 태양. 아주 근사해. 나는 피부가 벗겨졌어. 키스를 보내.

드 골프(de Golfe) 호텔에 묵고 있어. 빈둥거리기 그리고 잠자기. 정말 대박이야! 나는 고카트 경주도 했어. 28일 즈음에 돌아갈 거야.

에투알 도르(Etoile d'Or) 호텔에 방을 하나 얻었어요. 해변에서 태닝하며 보내는 시간들. 사람이 많지만, 다들 아주 친절해요. 할아버지, 할머니에게 키스 전해주세요.

코트다쥐르(la Côte) 해안을 따라 트래킹하고 있어. 이상적인 날씨. 우리는 바위로 둘러싸인 작고 조용한 만(灣)들을 발견했어. 6일에 돌아감.

---

77 Chevapchitchi: 발칸 반도의 요리로 특히 세르비아, 크로아티아, 보스니아 헤르체고비나에서 인기가 높다. 다진 고기(소고기 또는 돼지고기)를 소시지 모양으로 구운 것으로, 플랫브레드와 야채를 곁들여 먹는다.

친구들과 그룹을 만들어 키클라데스(Cyclades) 제도[78]를 돌아다니고 있어. 아주 근사한 곳이야. 다들 행복해해. 천 번의 생각.

트루빌(Trouville)에서 보내는 반가운 인사. 태닝하며 보내는 긴 휴식. 나는 랍스터 두 마리를 묶어놓은 것처럼 얼굴이 빨개졌어. 천 번의 생각.

자일로스(Xylos)에서의 최근 소식. 날씨가 정말 좋아. 이보다 더 좋을 수 없는 시간을 보내. 장은 승마를 즐기고. 우리는 12일 저녁에 돌아갈 거야.

루이제트(Louisette) 집에 머물고 있어요. 그녀는 우리에게 세심하게 신경 써 주고 정성껏 요리를 준비해줘요. 우리 모두 당신에게 특별한 마음을 전해요.

우리는 벨뷰(Bellevue)에 있어. 해변에서 많은 시간을 보내며 쉬고 있지. 나는 자주 배구도 해. 20일에 돌아갈 거야.

---

78 그리스의 일곱 개 제도 중 하나. 델로스 섬을 중심으로, 에게 해의 여러 섬들을 포함한다.

피레네(Pyrénées) 산맥을 여행하는 중이에요. 날씨가 좋아요. 우리는 (지역 특산물들을) 아주 잘 먹고 있고요. 버스로 함께 여행하는 모든 이들이 당신께 다정한 키스를 보냅니다.

포르투갈(Portugal)에 머물고 있어. 아름다운 곳이야! 아, 얼마나 만족스러운지(햇볕에 탔음에도 불구하고!). 27일에 돌아갈 거야.

자르지스(Zarzis)[79]에서의 최근 소식 : 우리 팀 모두 모래사장에 누워 구릿빛으로 몸을 태워요. 모두에게 키스를 보냅니다.

우리는 생장드몽(St-Jean-de-Monts)에 와 있어. 빈둥거리기 그리고 해산물. 나는 햇볕에 탔어. 천 번의 생각.

드 프랑스(de France) 호텔에 묵고 있어. 완벽한 식사와 서비스. 나는 프루스트를 읽고 있어. 키스를 보내.

오스카 와일드(Oscar Wilde) 호텔에 묵고 있습니다. 날씨가

---

79 튀니지 남동부에 위치한 메디닌의 도시.

아주 좋아요. 완벽하게 준비된 학술대회이고요. 학회 전체가 당신께 깊은 우정의 마음을 전합니다.

유틀란트(Jutland) 반도를 여행하는 중. 날씨가 좋아요. 작은 마차를 타고 다니는 산책이 정말 근사하고요. 당신을 생각합니다.

유고슬라비아(Yougoslavie)를 방문 중이야. 우리는 그룹으로 여행하고 있어. 해변에서 태닝도 하고. 키스를 보내.

윈게이트(Wingate)에서 보내는 짧은 편지. 해가 높이 떠 있어. 정말, 정말, 정말, 정말 만족스러워. 24일 즈음에 보베로 돌아갈 거야.

주앙레팽(Juan-les-Pins)에서의 추억. 빈둥거리기, 일급 식사 그리고 너에게 키스를 보내는 많은 여자들.

르 졸리 쿠앵(Le Joli Coin) 펜션에 묵고 있어요. 날씨가 좋아요. 우리는 잘 지내고 있어요. 어제는 동굴도 보러 갔고요. 라 가렌의 모든 할머니, 할아버지들과 함께 우정 어린 안부를 전합니다.

나는 콘티넨탈(Continental) 호텔에 묵고 있어. 완벽해. 날씨는 아주 더워. 테니스, 승마, 골프 그리고 카지노. 키스를 보내.

우리는 오크니 제도(les Orcades)[80]에 있어. 날씨가 아주 좋아. 재미있는 사람들을 많이 만났어. 모든 게 아주 근사해. 10일에 돌아갈 거야.

이브토(Yvetot)[81] 근방에 도착했어. 태양이 내리쬐는 해변에서 빈둥거리기. 키스를 보내.

자이클로스(Zyklos)에서 휴가 중인 여행객이 전하는 소식 : 모래사장에서 너무 오래 빈둥거린 바람에 햇볕에 여러 군데가 심하게 탔어! 천 번의 생각.

비엔나 앤 짐멀리(Vienna and Zimmerli) 호텔에 묵고 있어. 호숫가에서 빈둥거리기, 요트 경기 그리고 카지노. 천 번

---

80   영국 스코틀랜드 북동쪽 끝에 있는 제도. 약 70여 개의 섬으로 구성되어 있다.
81   프랑스 센느마리팀 도에 위치한 마을.

의 키스.

멋진 날씨, 고급스러운 식사, 품격 있는 사람들. 우리는 드 가스코뉴(de Gascogne) 호텔에 묵고 있어요. 당신 생각을 많이 해요.

우리는 대서양(Atlantique) 연안을 따라 탐험가처럼 여행하고 있어. 태닝하며 많은 시간을 보내고 있고. 우리 모두 먹을 수 있을 만큼 아주 푸짐하게 식사를 해. 수많은 생각.

이글레시아스(Iglesias) 펜션에 묵고 있어. 화창한 날씨야. 저녁에도 야외에서 식사를 해. 당신과 당신의 가족들을 위해 다정한 생각들을 하지.

보부르 주변 여행

생마르탱 거리를 벗어나면 완만하게 경사진 광장이 나온다. 이 시대의 곡예사들, 줄타기꾼들, 떠돌이 광대들이 초창기부터 자연스럽게 차지해 온 곳이다. 광장에 해가 조금이라도 나면 이른 아침부터 축제가 시작된다. 이쪽에서는 불을 내뿜는 곡예사나 쇠사슬을 끊는 차력사가 반짝이는 가슴 장식을 단 채 선명한 문신을 드러내고 있고, 저쪽에서는 훈련받은 강아지들의 조련사가 작은 카펫과 작은 사다리, 그리고 열셋까지 세는 동안 강아지들이 귀엽게 꼬리를 흔들며 '뒷발로 서' 있을 연약한 단상을 꼼꼼하고 조심스럽게 설치하고 있다. 또 저쪽에는 저글링 하는 사람, 외발자전거 타는 사람, 마임 배우, 크랭크 오르간 연주자들이 있다. 다른 곳에는 <마이 퍼니 발렌타인>을 솔로로 연주하는 색소폰 연주자가 있고, 타악기 연주자 한 명과 판초를 입은 기타리스트 두 명을 동반한 인디언 플루트 연주자, 잘 광택을 낸 금관악기들로 구성된 소규모 브라스밴드, 매우 아름답게 보케리니[1]의 곡을 연주하는 현악 사중주단도 있다. 그리고 어디서든, 너무 닮은 그림에 혼란스러워하는 구매자들의 작은 원 한가운데서 무심한 표정의 모델의 초상화를 마무리 짓고 있는 초상화가들을 볼 수 있다. 포스터, 캐리커처, 풀보[2]의 작은 그림, 팝콘과 아이스크림을 파는 상인들도 볼 수 있고, 생외스타슈 성당의 오르간 연주나 롱바르 예배당의 타악기 연주에 행인들을 초대하는 전단지 배포자들도 만날 수 있다. 그리고 사방에서 조밀하게 군집해 있거나 작은 그룹으로 모여 있는 바쁘거나 무심한 사람들을 볼 수 있는데, 이들은 열광하거나 혹은 빈정대는 태도로 고개를 쳐들거나 귀를 쫑긋 세우고 있다. 그 밖에도 햄버거와 감자튀김을 나눠 먹으며 수업 시간의 문제들을 열심히 공부하고 있는 가난한 학생들, 아직 어린 나무들의 그늘에서 서로에게 미래의 계획을 들려주는 연인들, 구경꾼들, 행인들, 아무개들이 있고, 공 던지기 놀이나 고리 던지기 놀이를 하는 사람들이 있을지도 모를 구석진 장소를 찾아다니며 개를 산책시키는 우수에 찬 퇴직자들이 있다. 전날의 사건들을 논평하면서 뜨개질하는 주부

---

1 Luigi Boccherini(1743~1805): 이탈리아의 작곡가이자 첼로 연주자. '미뉴에트'로 유명하다.

2 Francisque Poulbot(1879~1946): 프랑스의 포스터 아티스트이자 만화가, 일러스트레이터.

들도 있고, 불안해 보이는 두세 명의 담임 선생님 주변에 약간은 딱 달라붙어 있는 '5학년' 학생들이 있으며, 심포지엄에 참여하기 위해 세계 전역에서 온 슈비터스[3] 전문가와 포르투니[4] 전문가 혹은 전자음향 음악 전문가들도 있다.

광장의 가장자리 및 바로 이웃한 골목에서는 예술과 '디자인' 그리고 기발한 제품들이 거의 균등하게 영역을 나눠 갖는다. 저기, 파비오 리에티가 그린 가짜 건물 창문 - 보부르 공공 주차장의 통풍관을 감추고 있는 우아한 트롱프뢰유[5] - 에 서 있는 여인의 영원불멸한 시선 아래에, 퐁피두 센터와의 근접성에 이끌린 화상(畫商)들이 오스만 대로나 라 보에티 거리에 있는 이미 너무 오래된 본점들보다 더 활기찬 미술 화랑을 열기 시작했다.

그 옆에는, 이탈리아 가구 상점들이나 일본 조명 상점들이 있고 복제화, 미술 서적, 인도 사라사, 영화 포스터를 파는 상점들이 있다. 또 그제의 유행이나 오늘의 유행 혹은 모레의 유행을 따르는 모든 종류의 가짜 고대 또는 유사 근대 물건들을 파는 상점들도 있다. 이곳에서는 단돈 몇 프랑이면 약간의

---

3 Kurt Schwitters(1887~1948): 독일의 예술가. 다다이즘, 구성주의, 초현실주의 운동에 참여했고 시, 음악, 회화, 조각, 그래픽 디자인, 설치 미술 등 여러 장르에서 활동했다.
4 Mariano Fortuny(1872~1949): 스페인의 수학자이자 예술가, 발명가 및 패션 디자이너.
5 trompe-l'œil: 사람들이 실물로 착각하도록 만든 눈속임 그림이나 디자인.

파리 공기를 담고 있는 깡통 한 개를 구입할 수 있고, 외륜선(外輪船)[6]이나 오래된 축음기 모양 또는 조르주 퐁피두 센터 모양의 연필깎이 하나를 구입할 수 있으며, 뒷면에 지금은 사용되지 않은 구구단표가 적혀 있는 낡은 공책 한 권, 폴롱[7] 포스터나 대형 에셔[8] 복제화 한 장, 퍼즐 한 세트 또는 실제로는 향초인 게 드러나는 맛있어 보이는 작은 레몬 파이 한 개도 구입할 수 있다.

주위로는 파리에서 가장 오래된 구역 중 하나가 펼쳐져 있다. 이곳은 미로 같은 길들로 이루어져 있는데, 이따금씩 이상한 길의 이름들은 도시 역사의 한가운데로까지 거슬러 오르기도 한다. 모르(Maure)[9] 거리의 이름은 군대의 깃발에서 유래한 것으로, 거리는 이미 14세기 초부터 존재해 왔다. 또 12세기부터 존재해 온 것으로 알려져 있으며 에폴라르, 피에르알라르, 올라르 등의 이름으로 이어져 온 피에르오라르(Pierre-au-Lard) 거리는 그곳에 거주했던 파리의 평민 자산가 피에르

---

6 선체 외부에 노의 역할을 하는 커다란 바퀴(외륜)를 달아 그 바퀴가 돌면서 물을 밀어내는 힘을 추진력으로 삼는 선박.
7 Jean-Michel Folon(1934~2005): 벨기에 출신의 예술가. 인도주의적 목적을 위해 수많은 포스터를 디자인하였다.
8 Maurits Cornelis Escher(1898~1972): 네덜란드의 판화가. 기하학적 원리와 수학적 개념을 토대로 2차원의 평면 위에 3차원 공간을 표현했다.
9 '무어인'이라는 뜻.

우알라르(Pierre Oilard)의 이름으로부터 변형된 것이다. 생트크루아드라브르톤느리(Sainte-Croix-de-la-Bretonnerie) 거리는 1230년부터 만들어져 있던 것으로, 그 이름은 샹포브르통(Champ-aux-Bretons)이라 불리던 땅과 성왕 루이가 설립한 생트크루아(Sainte-Croix) 참사 수도원에서 유래되었다. 샹포브르통이라는 명칭은, 잉글랜드의 에드워드 국왕이 매수한 다섯 명의 영국인이 이 지역에서 독립 웨일스 왕국의 마지막 왕자의 사위였던 르웰린을 암살하려고 시도했다고 전해진 것에서 유래되었다. 또한 산책하다 보면 생메리 성당 앞을 지나치게 될 텐데, 그곳에는 파리에서 가장 오래된 성수반(聖水盤) 중 하나인, 안느 드 브르타뉴 왕비의 문장(紋章)이 새겨진 성수반이 보관되어 있다. 그리고 생외스타슈 성당 앞도 지날 수 있는데, 바로 이곳에서 몰리에르가 세례를 받았고, 루이 14세가 첫 성체배령을 받았으며, 륄리[10]가 결혼식을 올렸고, 미라보의 장엄한 장례식이 열렸으며, 베를리오즈가 처음으로 그의 <테 데움>[11]을 지휘했다. 조금 더 내려가면, 초현실주의자들이 사랑했던 생자크 탑 앞을 지날 수도 있는데, 이 탑의 꼭대기에서

---

10 Jean Baptiste Lully(1632~1687): 이탈리아 태생의 프랑스 작곡가. 루이 14세의 총애를 받았으며, 프랑스의 오페라와 발레 분야의 개척자이다.

11 테 데움 라우다무스(Te Deum laudamus)이라는 말로 시작하는 찬가. 처음의 2글자를 따서 테 데움(Te Deum)이라 불린다.

파스칼이 그의 유명한 토리첼리 실험[12]을 반복한 것으로 알려져 있다. 시인 아메데 포미에는 이 사건을 다음과 같은 12행시로 기리기도 했다 :

이 계단, 어두운 나선형 계단을 통해,
천육백사십칠 년,
수은을 담은 관 모양 용기를 들고,
생각에 잠긴 한 사나이가 올라갔다.
그는 위대한 기하학자 파스칼이었으니,
과거에는 숫자 예술의 대가였고,
이미 약속한 것 이상을 실현한,
위대하고 비범한 정신.
그는 새로운 과학 문제에
어떤 의구심을 품었고
그래서 공기의 중력에 대한
실험을 시도했지.

(이 12행시는 1866년에 쓰인 「파리, '유머러스한' 시」를 구성

12   이탈리아의 과학자 토티첼리가 기압을 증명하기 위해 수은이 담긴 유리관을 거꾸로 세운 실험.

하는 441개의 12행시들 중 하나다.)

이 구역의 모든 거리는 저마다의 역사를 지니고 있으며, 역사 그 자체다. 생마르탱 거리와 오브리르부셰 거리가 만나는 모퉁이에 1832년 6월 마지막 폭동자들의 바리케이드가 세워졌고, 바로 그곳에서 빅토르 위고가 가브로슈[13]를 죽게 만들었다. 우르스 거리에서는 약 4세기 동안 마리아 상을 숭배했는데, 한 병사가 마리아 상을 때렸을 때 피가 흘러내렸고 이에 사람들은 해마다 7월 3일이 되면 군복을 입힌 허수아비를 도시 전체에 끌고 다닌 후 마리아 상 앞에서 불태웠다.(거리의 이름인 Ours는 곰을 뜻하는 ours에서 유래한 것이 아니라 거위를 뜻하는 'oues'에서 유래했다. 많은 구이 장수들이 초기에 이 거리에 정착했기 때문이다.) 또 롱바르 거리에서는 보카치오가 태어나기도 했다. 한편, 생드니 거리 바로 맞은편에 있는 페론느리 거리 11번지 앞에서 1610년 5월 14일 금요일 오후 4시경 앙리 4세가 암살당했는데, 그는 아르스날의 설리 경[14]을 방문하러 가는 중이었다. 그리고 과거에 트랑스노냉 거리라 불리던 보부르 거리의 한 부분에서, 1834년 4월 13일 뷔조 사

---

13 위고의 『레 미제라블 Les Misérables』에 등장하는 혁명군 소년. 혁명 중에 죽는 것으로 묘사된다.
14 앙리 4세 시대의 재상.

령관의 군인들이 반란군들이 숨어있다고 추정되는 한 건물의 주민들을 모두 학살했다.

보부르 구역에서 랑뷔토 거리를 지나 서쪽으로 몇 걸음 더 가면, 곧바로 마레 지구의 중심부에 도착하게 된다. 이 구역 거리들의 거의 모든 건물 포치는 한때 아름다운 개인 저택들의 입구였지만, 그 후 방치되고 파손되었다. 포치들은 세탁소, 석탄 창고, 차고, 넝마장수나 고철장수의 창고, 셀룰로이드 인형 제조공장이 되었다가, 오늘날 다시 그 고귀한 소명을 되찾았다.

생마르탱 거리를 지나 남쪽으로 조금 더 걸어가면 센 강변에 다다르게 된다. 바로 그 근처에 새 시장과 꽃 시장이 있고, 너무나 아름다운 도핀 광장이 있으며, 노트르담 대성당이 있고, 생루이 섬과 선착장들, 고서적 상인들 그리고 바토-무슈들이 있다.

세바스토폴 대로를 지나 북쪽으로 조금 더 걸어가면 거의 곧바로 장인(匠人)들의 파리 그 한복판에 있게 될 것이다. 모자 제조인, 패션 주얼리 세공업자, 흡연용품 제조인, 단추 제조인, 세공품 제조인, 가죽 제품 제조인, 모피 제조인, 안경 제조인 등…

동쪽으로 몇 걸음 더 옮기면, 생드니 거리를, 즉 파리의 옛 중앙시장 구역을 만나게 될 것이다. 옷 가게, 섹스숍, 레스토랑, 카페 테아트르, 골동품 상점들이 예전의 바나나 추숙(追熟) 창고, '나무와 숯' 가게, 중탕냄비와 고리 바구니 대여 가게들의 자리를 차지하고 있고, 이 구역은 이제 밤의 유흥 중심지 중 하나가 되어 있다.

　역사와 전설로 채워져 있는, 지나칠 정도로 가득 채워져 있는 이 거리들과 기념물들, 저택들 가운데서 조르주 퐁피두 센터는 약간은 거대한 외계인 같은 모습을 하고 있다. 그의 우주복과 모든 파이프 세트를 벗어도 살아남을 수 있을지는 여전히 잘 모르겠지만. 이곳의 수많은 오래된 석조건물들과 귀중한 유적들로 인해 회상에 젖게 될 여행자는 현대성에 대한 갈증을 해소하기 위해 굳이 멀리 가지 않아도 된다. 보부르 구역에서 불과 300미터 정도 떨어진 곳, 이전에 발타르 중앙시장 (이곳의 천막은 그대로 보존된 채 교외로 옮겨져 다시 설치되었다)이 서던 곳에서 오늘날의 그리고 어쩌면 미래의 세상을 만날 수 있기 때문이다. 그것은 거의 5만 평방미터에 달하는 상업 및 여가 시설로, 약 200여개의 '포럼 데 알'[15] 상점들이 다섯 개 층에 나뉘어 입점해 있다.

───────────────

15　Forum des Halles: 파리 중심부 레알 지구의 옛 중앙시장터 자리에 들어선 대형종합 쇼핑센터.

런던 산책

런던을 처음 봤을 때, 나는 솔직히 도시가 못생겼다고 생각했다. 그때 나는 열세 살이었을 것이다. 영어 실력의 향상을 위해 나는 서리[1]의 작은 마을에 보내졌던 것 같고, 그곳의 두 부인이 하루 일정으로 나를 런던에 데려갔다. 런던은 그녀들이 이따금씩 쇼핑하러 가는 곳이었다. 그날 무엇 때문에 내가 실망했는지는 이제 잘 기억나지 않는데, 아마도 그날 하루 일과가 상점에서 상점으로 이동하는 데 맞춰져 있었기 때문인 것 같다. 그 당시 쇼핑은 나의 흥미를 거의 끌지 못하는 일이었다. 내 기억에, 우리는 근위병 교대식(changing the Guard)을 보러 갔고 하이드 파크에서 산책도 했다. 나는 공원의 호수가 '서펀타인'으로 불린다는 것을 알게 되었고, 로튼 로(썩은 길)라고 불리는 공원의 작은 길들 중 하나가 순전히 그것의 예전

---

1 Surrey: 런던 교외 지역으로 낙농업이 발달함.

프랑스어 명칭인 '루트 뒤 루아'(왕의 도로)에서 유래한 것이라는 사실도 알게 되었다. 우리는 마담 투소의 밀랍 인형 박물관도 구경하러 갔던 것 같다. 아무튼, 그날이 끝날 무렵 나는 녹초가 되어 있었다….

당시 조지 6세는 여전히 영국의 국왕이었다. 그리고 고기, 차, 당과류는 계속해서 제한적으로 배급되고 있었다.

이후 나는 여러 번 런던을 방문했는데, 때로는 몇 시간 동안 때로는 며칠 동안 머무르곤 했다. 파리에서 떠나는 밤 비행기는 이륙하자마자 히드로 공항으로의 하강을 시작한다. 착륙하기 몇 분 전 비행기가 구름의 층을 통과할 때마다, 그리고 연한 오렌지빛 가로등들의 무수한 격자무늬가 끝없이 늘어서 있는 것을 발견할 때마다, 나는 도시들의 도시에 도착한 기분을 느낀다. 이미 오래전에 세계에서 가장 큰 수도 자리에서 밀려났지만, 여전히 런던은 세계의 상징으로 남아 있고 도시란 무엇인가를 상징하는 곳으로 남아 있다. 사방으로 뻗어나가면서도 영원히 미완성인 그 무엇, 질서와 무질서가 혼재하는 곳, 인류가 수 세기 동안 만들어 낸 모든 것이 집적되어 있는 거대한 소우주. 단순한 언어적 사실 하나만으로도 이 도시의 급작스런 팽창을 이해할 수 있다. 프랑스어에는 일반적으로 거리라고 불리는 것을 가리키는 단어(뤼^{rue}, 아브뉘^{avenue}, 불르바르boulevard, 플라스place, 쿠르cours, 앵파스impasse, 브넬venelle)가 일곱 개를 넘지 않는 반면, 영어에는 최소 스무 개 이상의 단어 (스트리트street, 애비뉴avenue, 플레이스place, 로드road, 크레센트crescent, 로row, 레인lane, 뮤즈mews, 가든gardens, 테라스terrace, 야드yard, 스퀘어square, 서커스circus, 그로브grove, 그린스greens, 하우스houses, 게이트gate, 그라운드ground, 웨이way, 드라이브drive, 워크walk 등)가 존재한다. 이는 주소를 찾는 사람에게 몇 가지 문제를 야기하지 않을 수 없다. 예를 들어, 케임브리지 서커스, 케임브리지 하우스, 케임브리지 플레이스, 케임브리지 로드, 케임브리지 스퀘어, 케임브리지 스트리트, 케임브리지 테라스는 전혀 같은 지역에 위치해 있지 않기 때문이다.

유럽 대륙에서 건너온 여행자가 처음 런던에 도착하면 두 가지 놀라운 일이 기다리고 있다. 첫 번째는 그의 반사 행동과 관계된다. 여행자는 길을 건너기 전에 본능적으로 왼쪽을 쳐다보겠지만, 차들은 그의 오른쪽에서 온다. 그의 목 근육이 이 새로운 상황에 적응하는 데에는 얼마간의 시간이 필요할 것이다. 그런데 바로 이 아주 작은 차이 때문에 런던은 우리에게 정말로 '외국' 도시처럼 보이게 된다. 보행자와 자동차의 관계를 규제하는 도시들에서의 일반적인 법칙이 약간 수정된 도시 말이다.

두 번째 놀라움은 버스들에서, 그 유명한 빨간색 이층버스들에서 비롯된다. 일단 여행자는 눈에 들어오는 버스노선 망의 복잡함에, 그리고 버스 종점의 이름들에 틀림없이 당황하게 될 것이다. 가령, 캠든 타운, 켄살 라이즈, 에핑 등은 여행자에게 분명 아무것도 의미하지 않을 것이기 때문이다. 그러나 도시를 여행하는 가장 쾌적한 방법 중 하나인 이층버스 타기를 실행하기로 결정한다면, 그리고 나의 희망 사항처럼 황제의 루트를 따라 여행하는 것을 선택한다면, 여행자는 건물의 이층 높이에서 한 도시를 재발견하는 드문 놀라움을 경험하게 될 것이다. 이것 또한 사소한 차이처럼 보이지만, 우리가 익숙하게 보던 모든 것이 여기서는 아주 조금씩 새로운 방식으로, 우리의 눈과 정신을 자극하는 신선한 방식으로 나타나게 된다. "겉으로 한 번씩 훑어보는 것에 만족하는 지칠 줄 모르는 여행객에게도, 2주라는 시간은 런던과 그 주변 지역을 명확하게 파악하기에는 충분하지 않다." 1907년 발행된 베데커 가이드북[2]의 서두에는 이처럼 간단하지만 단호한 경고가 적혀 있다.

---

2 1827년 7월 1일 독일의 출판업자 칼 베데커가 창간한 여행안내서.

그리고 이 책보다 사십여 년 전에, 엘리제 르클뤼[3]는 그의 『삽화로 보는 런던』에서 불운한 관광객들에게 그닥 격려가 되지 못하는 얘기를 하기도 했다. "육체적, 정신적 피로를 두려워하지 않는 외국인은 필요한 경우 일주일 동안 런던의 모든 명소를 방문할 수 있다. 그러나 그 장소들을 유익하게 방문하는 것은 불가능하다. 대영박물관과 회화 갤러리들에 보관된 보물 같은 예술 작품들은 그 자체만으로 몇 주에 걸친 연구를 필요로 한다. 몇 개월 동안의 체류로 이 거대한 도시를 안다고 확신할 수 있는 외국인은 극소수에 불과할 것이다."

오늘날에도 이러한 경고들은 조금도 그 타당성을 잃지 않았다. 대영박물관과 내셔널 갤러리 사이에서, 부두들과 공원들 사이에서, 국회의사당과 런던 타워 사이에서("당신은 타워를 방문해 봤나요? 방문해야 합니다. 그것은 일종의 병적인 매력을 발산하고 있죠." 스티븐 리코크가 만난 모든 영국인들은 그에게 이렇게 말했다. 하지만 그는 얼마 안 가 그들이야말로 결코 타워를 방문해 본 적이 없음을 깨달았다) 여행자는 극심한 낙담의 감정을 느낄 수밖에 없을 것이다. 그리고 1817년 스탕달이 처음 런던에 왔을 때 그랬던 것처럼, 하루에 11시간 동

---

3 Jean-Jacques-Élisée Reclus(1830~1905): 프랑스의 지리학자. 무정부주의자로 파리 코뮌에 참가했다.

안 열심히 거리를 걸어 다녀도 열흘 동안 자신이 방문하고자 했던 곳의 사분의 일도 보지 못하게 될 것이다.

그러므로 가장 좋은 것은 최고의 모범적 여행자였던 스탕달의 조언을 따르는 것이다 : "어떤 나라를 여행하든 즐거움을 주는 것만을 택해야 한다. 런던에서 우리에게 가장 큰 즐거움을 주는 것은 한가로이 거리를 산책하는 것이다."(『일기』, 1817년 8월 9일)

외국의 도시를 돌아다니는 것은 쉬운 일이 아니다. 누구나 자신이 왔던 길로 되돌아가려는 성향이 있고, 길을 잃을까 두려워하며, 보통은 주요 도로로만 동선을 제한하려 하기 때문이다. 그러나 최소한의 경험과 적극성을 갖고 있다면, 작은 행운에 자신을 내맡기는 게 상대적으로 쉬워진다. 가령, 고개를 살짝 들고 걸으면서 눈에 들어오는 가로수길, 기마상, 저만치 떨어져 있지만 매혹적인 쇼윈도가 있는 상점, 모여 있는 사람들, 펍의 간판, 지나가는 버스의 유혹에 자신을 내맡기면 된다. 그러면 그때그때의 시간과 날씨에 따라 다소 변덕스러운 여정, 다소 구불구불한 여정이 만들어질 것이다. 그 여정에는 정확히 무슨 뜻인지는 알 수 없지만 무언가를 연상시키는 이름들이 푯말처럼 늘어서게 될 것이다. 예를 들면, 스트랜드가 (街), 첼시, 핌리코, 벨그라비아, 램버스, 베이커 스트리트, 차링 크로스, 스코틀랜드 야드, 코벤트 가든, 메이페어, 벌링턴, 카나비, 화이트 채플 등등. 또 의사들의 거리인 할리 스트리트나 신문사들의 거리인 플리트 스트리트를 걸을 수 있고, 미로 같은 소호의 작은 거리들에서 길을 잃을 수도 있다. 운이 좋으면, 그 유명한 필리어스 포그[4]가 살았던 새빌 로우 7번지 앞을 지나가게 될 수도 있다. 그는 여행할 때마다 자신의 하인(정확히는 '만능 열쇠'라는 별명으로 불리던 하인)에게 도시 곳곳을 안내하도록 시켰던 인물이다. 당신이 원한다면, 그가 오른발을 왼발보다 오백칠십오 번 앞으로 내딛고 왼발을 오른발보다 오백칠십육 번 앞으로 내딛어 폴몰의 리폼 클럽에 도달했던 사실을 검증해 볼 수도 있다.

이러한 산책 도중에 한번이라도 역사적 건축물이나 박물관을 발견하지 못한다면 놀라운 일일 것이다. 하지만 들어가 보고자 하는 욕구가 생긴다 해도, 그곳들을 구석구석 방문하겠다는 생각은 당연히 삼가야 한다. 오늘날의 다른 많은 박물관들과 마찬가지로, 내셔널 갤러리와 대영박물관 심지어 빅토리

---

4 쥘 베른의 소설 『80일간의 세계 일주』의 주인공.

아 앤 앨버트 박물관도 정상적인 상태의 인간은 끝까지 다 둘러볼 수 없는 거대한 괴물들이다. 그 많은 걸작들을 서둘러 지나치는 대신, 서너 점의 걸작 앞에서 필요한 시간만큼 멈춰 서 감상하는 것이 훨씬 더 위안이 될 것이다. 예를 들어, 내셔널 갤러리에서는 한스 홀바인의 <대사들>이나 안토넬로 다 메시나의 <서재의 성 히에로니무스> 또는 얀 반 에이크의 <아르놀피니 부부의 결혼>을 오래도록 감상하는 것이 더 나을 것이다. 빅토리아 앤 앨버트 박물관에서는 근사한 중국 항아리 세 개를 감상하거나, 포스터와 래스트릭의 아제노리아 포차(砲車)와 퍼핑 빌리 호(號), 스티븐슨의 로켓 호(號), 핵워스의 상파레이 호(號) 같은 최초의 증기기관차들을 감상하는 것만으로도 기쁨을 느낄 수 있을 것이다.

런던의 매력은 한마디로 정의하기 어렵다. 그것은 마치 '감식가들'이 포트넘 앤 메이슨의 카운터에 진열되어 있는 무수히 많은 종류의 커다란 정사각형 상자들에서 직접 골라서 섞어 만든 블렌디드 티와 비슷하다. 런던의 매력은 특별히 주목할 만한 것이 없는 기념물들이나 일반적으로 평범한 수준인 전망에서 오지 않는다. 그보다는 나머지 모든 것들에서, 즉 거리,

집, 상점, 사람들에서 온다. 수백 년 된 나무들이 심어진 광장의 가장자리에 줄지어 서 있는 아름다운 집들, 한결같이 붉은색 또는 짙은 녹색 래커로 칠해진 나무문과 금박을 입힌 금속 노커가 달린 집들이 런던의 매력을 만들어 낸다. 예전의 마차 헛간들이 이제는 부유한 방랑 예술인들과 지식인들의 호화로운 작업실로 변해 있는 반원형의 거리들과, 체스터필드 소파의 풍만한 윤곽, 불그스름한 벽난로 불빛, 극도로 섬세한 문양의 차 세트가 어렴풋이 들여다보이는 활 모양의 내닫이창들도 런던의 매력 중 하나다. 또, 일요일 아침마다 다양한 이력과 다양한 유형의 연사들이 비누 상자 같은 조잡한 단상에 올라 군중들에게 자전거 타기를 권하거나 핵에너지 또는 군대의 거부를 독려하거나 폐지 수거를 통해 위기 극복을 독려하거나 금연을 권하거나 샐러드 먹기, 신에게 기도하기, 메시아 믿기, 양을 사랑하기, 초월적 명상 실천하기를 권하는 공원들도 런던의 매력을 만들어 낸다. 5~6세대 전부터 흠잡을 데 없이 갖춰 입은 세련된 점원들이 전 세계에서 유일무이한 제품들을 줄곧 권해온 유서 깊은 상점, 가령 하노버와 벨기에의 국왕 폐하들 및 서섹스 공작과 케임브리지 공작, 켄트 공작부인 전하들에게 코담배를 공급해온 '프라이부르크 & 트레이어' 같은 상점들도 런던만의 매력 중 하나다. 헤이마켓 꼭대기 층에 있는 이곳에서는 각기 다른 오묘한 풍미를 지닌 수백 가지의 담배들 뿐만 아니라 멋진 코담배갑, 아주 작은 은수저, 커다란 체크무늬 손수건도 만나볼 수 있다. 또 나무와 가죽, 구리로 실내를 장식하고, 운명이 정해놓은 마감 시간 전에 손님이 마지막 잔을 주문할 수 있도록 벽시계가 항상 5분 또는 10분 빠르게 맞춰져 있는 모방 불가능한 펍들도 런던의 매력 중 하나다. 그리고 둥근 모자에 블레이저코트를 입은 고등학생들, 긴 드레스나 미니스커트를 입은 소녀들, 사리를 입은 아름다운 인도 여성들, 포토벨로[5]의 옷들과 꽃들과 금붕어들, 비, 안개, 경관과 근위병들, 피쉬 앤 칩스, 이제는 전설이 된 무심한 근위 기병대들, 아름다운 자동차들, 오래된 자전거들, 새에게 먹이를 주는 녹색 트위드 정장의 여인들, 하이드 파크 잔디밭에서 피크닉을 즐기는 가족들 등도 런던의 매력을 이루는 요소들이다.

낡았지만 놀랍도록 빠른 지하철들이 하루 종일 사방으로 교차하는 이 거대한 도시에서, 우리는 결국 아주 작은 부분만을 보고 돌아가게 될 것이다. 그리고 히드로 공항으로 우리를 태

---

5   영화 <노팅힐>의 촬영지이기도 했던 포토벨로 마켓(Portobello market)을 지칭.

우고 가는 버스가 아주 잠깐 엿보게 해주는 그 순간 동안만 '반분리형 전원주택들'⁶이 끝없이 늘어서 있는 광활한 교외를 어렴풋이 보게 될 것이다. 우리는 결코 런던을 제대로 알지 못하겠지만, 런던과의 친분을 시작하게 될 것이다. 그리고 이 단편적이고 한가로운 산책들에서 오랫동안 지울 수 없는 추억들을 간직하게 될 것이다. 중산모자(中山帽子)를 쓴 채 돌풍 속을 달려가는 위엄 있는 신사, 넬슨 기념탑 아래의 사자들 중 한 마리의 발 사이에 앉아있는 어린 소녀, 첼시 골동품 시장의 한 상점 진열창에 놓인 세심한 빅토리아 시대풍의 인형의 집과 그 안으로 보이는 3센티미터 높이의 흑단 원형 탁자 및 그 위에 놓인 5센트 동전 크기의 넓은 레이스 식탁보, 사람들로 붐비는 어두운 펍에서 다트를 치고 있는 체크무늬 조끼의 뚱뚱하고 유쾌한 세 명의 픽윅(Pickwick)⁷ 씨들, 혹은 반쯤 안개가 낀 저녁 무렵 친숙한 빅벤의 종소리가 연이어 들릴 때 템즈강에서 멀지 않은 어느 곳에서 나타나 다가오는, 디킨스나 에드거 월리스 소설에 나올 법한 삯마차의 깜빡거리는 이미지⁸…

---

6 'semi-detached cottages: detached'는 단독 이층집을 말하고, 'semi-detached'는 한 지붕 아래 두 가구가 붙어 있는 이층집 형태를 지칭한다.
7 찰스 디킨스의 소설 『픽윅 클럽 여행기(Pickwick Papers)』의 주인공. 부유한 노신사 픽윅이 클럽 회원들과 전원으로 여행을 떠나면서 소설의 이야기가 펼쳐진다.
8 특히 디킨스의 『두 도시 이야기』 초반에 등장하는 역마차 장면들을 암시한다.

지성소(至聖所)

'뷔로(bureau, 책상)'라는 단어에서 더 이상 '뷔르(bure)'를 떠올리지 않은 지는 오래되었다. 두꺼운 갈색 모직 천인 뷔르는 가끔씩 테이블용 태피스트리를 만드는 데 사용되었지만 주로 수도사 의복을 제작하는 데 사용되었고, 그래서인지 아직도 말총으로 만든 속옷과 고행자용 거친 셔츠만큼이나 트라피스트 수도사나 은둔생활을 하는 수도사의 거칠고 엄격한 삶을 연상시킨다. 그런데 우리의 생각은 연속적인 환유를 통해, 위에서 언급한 테이블용 태피스트리에서 글쓰기 책상 자체로, 그 다음에는 앞서 언급한 책상에서 그것이 놓여 있는 방과 그리고 그 방을 구성하는 가구들 세트로, 마지막으로는 방에서 수행되는 활동과 그 활동에 부여되는 권한, 나아가 그 권한에 따르는 의무로까지 옮겨갈 수 있다. 따라서 우리는 이 단어의 다양한 의미를 살펴보면서 다음과 같은 용어들을 언급해볼 수 있다. '뷔로 드 타바(담배 가게)', '뷔로 드 포스트(우체국)', 되지엠 뷔로(군사 정보부), 뷔로 데 롱지튀드(물리천문학회), '아 뷔로 페르메(당일권 없이)' 방식으로 공연하는 연극, 뷔로 드 보트(투표소), 폴리트뷔로(옛 소련의 공산당 정치국) 등 . 혹은 아주 단순하게 '뷔로(bureaux, 사무실) 들'에 대해 언급해볼 수 있는데, 그곳은 잘못 묶인 서류, 도장, 종이 클립, 입으로 빨다 만 연필, 더 이상 지워지지 않는 지우개, 노랗게 변한 봉투가 어지럽게 쌓여 있는 모호한 장소이자, 보통은 무뚝뚝한 직원들이 당신을 '책상에서 책상으로(de bureau en bureau)' 이동시키면서 양식을 작성하고 장부에 서명하고 차례를 기다리게 하는 곳이다.

물론 여기서 말하려는 것은 사무원들과 관리들로 가득 찬 익명의 사무실이 아니라, 다국적 기업의 최고경영자, 금융이나 광고 또는 영화계의 거물들, 세력가, 대부호 또는 국가 원수 등 전 세계 위대한 사람들의 집무실, 즉 권력과 나아가 전능함의 상징으로서의 사무실이다. 한마디로, '지성소(至聖所)'[1]인 이곳은 평범한 일반인들은 접근할 수 없는 장소로, 대체로 우리를

---

1 Saint des Saints: 유태교의 지성소(至聖所). 지성소는 최상급 형태(코데쉬 핫코데쉼)로 표현되며, 성막(성전) 안에서도 가장 안쪽의 지극히 거룩한 처소를 말한다. 이곳은 신의 임재 처소로서 언약궤가 놓여 있었고 대제사장이 1년에 한 차례(대속죄일)만 들어갈 수 있었다.

지배하는 이들이 개인 비서실이 있는 삼중 성벽과 쿠션을 댄 문, 순모 카펫 뒤에 앉아 있는 곳이다.

이 세계의 위대한 인물들은 그들에게 주어진 막중한 책임을 수행하기 위해 실제로는 침묵, 침착함 그리고 신중함 이상의 것을 필요로 하지 않는다. 공간에 대해 말하자면, 아마도 깊은 명상에 잠긴 채 왔다 갔다 할 수 있는 공간이면 충분할 것이다. 물론 인터폰의 경우도, 비서를 시켜 누구에게 전화를 걸거나 아무개와의 약속을 취소하게 하고, 자신에게 또 다른 아무개하고의 점심 약속과 오후 5시 콩코드 광장에서의 약속을 상기시키게 하고, 알카 셀체²를 가져다 달라고 하거나 베르제를 보내달라고 할 수 있을 정도면 족하다. 정상 회담을 위해서는 안락의자 두세 개 정도만 있으면 충분하다. 하지만 그들의 공간에는 행정 업무의 고된 현실이나 관료들의 낯 두꺼운 술책들을 상기시키는 그 어떤 것도 존재하지 않는다. 타자기도 없고, 걸어 놓은 파일들도 없으며, 스테이플러나 접착제 통, 토시(덧붙여 말하자면, 요즘에는 흔히 볼 수 없는 것)도 없다. 여기서는 단지 생각하고, 구상하고, 결정하고, 협상하는 것만이 중요하기 때문이다. 그것은 충실한 노동자들이 아래층에서

---

2   아세틸살리실산으로 만든 항염증제.

성실하게 수행할 모든 하급의 일들과는 아무런 관련이 없다.

따라서 이러한 고위층 인물들을 위해 거의 비어있는 사무실을 상상하는 것은 완벽하게 적법한 일일 것이다. '사무자동화(bureautique)'라는 끔찍한 이름으로 명명되는, 아직은 초기 단계인 과학의 급격한 발전으로 인해 이후로는 모든 것을 - 혹은 거의 모든 것을 - 전화와 컴퓨터 단말장치를 통해 어디서나 연결해 처리할 수 있는 '사무실 없는 사무실'을 구상하는 것이 가능해졌기 때문에 더욱 그렇다. 예를 들면 욕실에서, 요트 위에서, 또는 알래스카 어딘가에 있는 모피사냥꾼의 오두막에서 말이다.

그럼에도 불구하고 최고경영자와 여타 대표들의 사무실은 거의 비어 있지 않다. 그곳에 놓인 가구와 장비, 도구, 액세서리들은 대부분 그곳에서 행해지는 기능과 이렇다 할 관련이 없지만, 나름대로 심오한 필요성에 따른다. 그곳에 거주하는 '그 사람', 즉 자신의 지위와 명성, 권력의 상징으로 그 사무실을 선택한 사람을 구현하고 나타내야 하는 필요성 말이다. 사무실이기 이전에, 그곳은 이 '베리 임포턴트 피플'이 그들의 파트너에게 (그리고 부차적으로는 그들의 고용인들에게) 자신들이 베리 임포턴트 피플이며 이처럼 유니크하고 대체불가능하고 본보기가 되는 사람이라는 것을 효과적으로 나타내기 위해 이용하는 기호이자 상징이며 증표이다.

이를 기반으로, 수많은 변주가 가능하다. 즉 전적으로 고전적인 스타일과 정숙하게 현대적인 스타일, 엄격하게 절제한 스타일과 필요 이상으로 넘치는 스타일, 수도사 스타일과 대영주 스타일, 가부장 스타일과 페이스메이커 스타일, 미국적 시선 스타일과 영국적 시크함 스타일, 부잣집 아들 스타일과 젊은 야심가 스타일, '파이 먹은 칼라'[3] 스타일과 '나도 히피였어요' 스타일. 이 다양한 스타일들 사이에서, 우리는 단지 사무실을 관찰하는 것만으로도 그 우월한 지성들(혹은 스스로 그렇게 믿는 사람들)의 유형학 전체를 그려볼 수 있을 것이다. 즉 어떤 유형은 그곳을 상감 세공한 책상과 양장본으로 가득 찬 유리 책장으로 꾸밈으로써 오래된 가치들에 대한 자신의 존중을 드러내 보일 것이다. 또 다른 유형은 펀칭볼, 만화책, 트럼프 카드, 난쟁이 거북이들로 자신의 공간을 어지럽게 채우면서 아인슈타인 스타일의 혈기왕성한 천재 역할을 하려 할 것이다. 세 번째 유형은 현무암과 화산암 받침돌 및 알루마이트 처리된 무광 강철의 열렬한 애호가인 이탈리아 디자이너에게 그의 영역에 대한 정비를 맡기면서 자신의 대담한 감각을 보

---

3 권위적이고 경직된 태도를 비꼬는 프랑스 속어.

여줄 것이다. 네 번째 유형은 에르고딕 이론 논문이나 모방론 논문 몇 편이 아무렇게나 널려 있게 하면서, 자신의 IQ가 평균보다 현저하게 높다는 것을 알아차리게 할 것이다. 다섯 번째 유형은 회사 덕분에 받은 메달과 졸업장들, 회사 창립자인 할아버지의 초상화 혹은 1976년 산토도밍고에서 가져온 71파운드짜리 바라쿠다[4]를 눈에 띄게 진열하는 것을 참는다면, 적절한 위치에 막스 에른스트의 그림을 걸어두면서 자신이 예술 후원자임을 넌지시 드러나게 할 수 있을 것이다.

근엄한 사무실과 온화한 사무실이 있고, 제임스 본드식의 기발한 장치들을 마술처럼 나타나게 할 것 같은 몇 개의 버튼들이 거대한 회색 금속 표면의 '작업대' 위에 장식되어 있는 실험실 사무실이 있다. 내실 같은 사무실이 있고, 사치스러운 사무실이 있다. 구식이지만 경건한 느낌의 사무실이 있고, 가짜 복고풍 사무실이 있으며, 엉터리 로코코풍 사무실이 있다. 세월을 담고 있는 사무실, 위엄 있는 사무실, 환대하는 사무실, 얼어붙은 분위기의 사무실…

그런데 질서를 선호하든 무질서를 선호하든, 유용한 것을 선호하든 쓸모없는 것을 선호하든, 웅장한 것을 선호하든 천

---

4 barracuda: 농어목 꼬치고기과 꼬치고기속에 속하는 어류. 대개 성체의 크기가 50㎝ 남짓하지만, 가장 큰 종인 그레이트 바라쿠다의 경우 몸길이가 2m, 체중 40~50㎏에 이른다.

진난만한 것을 선호하든, 모든 사무실은 이 세계의 위대한 인물들이 그들의 권력을 행사하는 공간 그 자체다. 강철과 유리 또는 희귀한 목재로 이루어진 사무실들에서, 최고경영자가 결정적인 주식 공개 매입에 착수하고, 그뤼에르 치즈의 왕이 볼펜의 거물에 대한 공략에 나서며, 벨기에 남작이 바바리아[5] 맥주양조업자의 제안을 순진하게 받아들이고, CBS가 NBC, TWA KLM 및 IBM ITT를 인수할 것이다. 그리고 세상은 오랫동안, 아주 오랫동안 그렇게 굴러갈 것이다. 어느 날, 조용하고 밀폐된 사무실들 중 하나의 구석에서 어떤 손 하나가 작은 빨간색 버튼을 누르며 어리석은 사건을 일으키지 않는 한…

---

5 독일 남부 지방.

천구백칠십사 년 한 해 동안
내가 먹어치운 유동식과 고형 음식들의
목록 작성 시도

소고기 수프 아홉 그릇, 얼음을 넣은 오이 포타주[1] 한 그릇, 홍합 수프 한 그릇.

게메네산 앙두이예[2] 두 개, 젤리처럼 만든 작은 앙두이예트[3] 한 개, 이탈리아산 샤퀴트리 한 개, 구운 소시지 한 개, 값싼 샤퀴트리 네 개, 이탈리아산 큰 소시지 한 개, 돈육가공식품 세 개, 피가텔루[4] 한 개, 푸아그라 한 개, 돼지 머리고기 파이 한 개, 돼지 머리고기 한 개, 파르마산 햄 다섯 개, 파테[5] 여덟 개, 오리 파테 한 개, 송로를 넣은 푸아그라 파테 한 개, 파테 앙 크

---

1 고기·야채 따위를 넣어서 진하게 끓인 수프.
2 돼지 혹은 말의 소화 기관에 일반적으로 다른 부위의 정육이나 내장, 부속 등을 더해 만든 소시지 모양의 샤퀴트리.
3 주로 돼지의 대창을 이용해 만드는 프랑스식 소시지.
4 코르시카 토종 돼지로 만든 샤퀴트리.
5 다양한 재료(고기나 생선, 채소 등)를 곱게 다지고 양념하여 틀에 넣어 익힌 후 차게 식힌 것. 빵 등에 펴서 발라 먹기도 함.

루트[6] 한 개, 파테 그랑메르 한 개, 개똥지빠귀 파테 한 개, 랑드산 파테 여섯 개, 머리고기 편육 네 개, 푸아그라 무스 한 개, 족발 한 개, 리에트[7] 일곱 개, 살라미 한 개, 큰 소시지 두 개, 데운 큰 소시지 한 개, 오리 테린[8] 한 개, 가금류 간 테린 한 개.

크레이프 빵 한 개, 엠파나타[9] 한 개, 그리종산 고기 한 덩어리.

달팽이 요리 세 접시.

블롱산 굴 한 개, 가리비 세 개, 새우 한 마리, 새우 크루스타드[10] 하나, 작은 생선 튀김 하나, 양미리 튀김 둘, 청어 한 마리, 굴 두 개, 홍합 한 개, 홍합 파르시[11] 하나, 성게 한 마리, 고기 단자(團餈) 그라탱 두 개, 기름에 절인 정어리 세 마리, 훈제 연어 다섯 조각, 타라마[12] 한 접시, 장어 테린 하나, 참치 요리

---

6   파테를 페이스트리 반죽에 채워 오븐에 구운 파이.
7   잘게 다져 기름에 볶은 돼지·거위 따위의 고기.
8   고기·생선 등을 용기에 담아 단단히 다지고 차게 식힌 다음 얇게 썰어 전채 요리로 내는 음식.
9   빵 반죽 안에 다양한 속재료를 넣고 반죽을 반으로 접어 굽거나 튀긴 스페인 전통 요리.
10   파이나 빵의 속을 도려내고 고기·생선 따위를 넣은 것.
11   '다진 고기와 채소 등으로 속을 채운 것'을 뜻하는 프랑스어.
12   생선알·올리브유·레몬을 기본으로 하는 요리.

여섯, 멸치 토스트 하나, 큰 게 한 마리

아티초크 넷, 아스파라거스 한 개, 가지 한 개, 버섯 샐러드 한 접시, 오이 샐러드 열네 접시, 크림소스에 버무린 오이 네 개, 레뮬라드 소스를 곁들인 샐러리 열네 개, 배추 두 개, 종려나무 잎 한 개, 생야채 다섯 접시, 강낭콩 샐러드 두 접시, 멜론 열세 개, 니스식 샐러드 두 접시, 베이컨을 곁들인 민들레 두 접시, 버터에 구운 라디 열네 개, 검은 라디 세 개, 쌀 샐러드 다섯 접시, 러시아식 샐러드 한 접시, 토마토 샐러드 일곱 접시, 양파 타르트 한 개.

로크포르 치즈 크로켓 한 개, 크로크무슈 다섯 개, 키쉬 로렌[13] 세 개, 마루아유[14] 타르트 한 개, 오이와 포도를 넣은 요거트 한 개, 루마니아 요거트 한 개.

큰 게와 로크포르 치즈를 곁들인 토르티 샐러드 한 접시.

엔초비 소스를 뿌린 달걀 한 개, 반숙 달걀 두 개, 어프 앙 므

---

13   로렌 지방의 전통 음식. 계란, 크림, 베이컨, 퍼프 페이스트리를 넣어 오븐에 구운 파이.
14   아르투아와 플랑드르산(産) 치즈.

레트[15] 두 접시, 햄에그 한 접시, 계란과 베이컨 한 접시, 시금치를 곁들인 반숙란 한 개, 젤리처럼 만든 달걀 두 개, 스크램블 에그 두 접시, 오믈렛 네 접시, 오믈렛 일종 한 접시, 숙주나물 오믈렛 한 접시, 나팔버섯 오믈렛 한 접시, 오리 껍질 오믈렛 한 접시, 거위고기 조림 오믈렛 한 접시, 핀제르브[16] 오믈렛 한 접시, 파르망티에[17] 오믈렛 한 접시.

훈제 대구 두 마리, 농어 한 마리, 가오리 한 마리, 가자미 한 마리, 참치 한 마리.

플랭크 스테이크 한 조각, 샬롯[18]을 곁들인 플랭크 스테이크 세 조각, 스테이크 열 조각, 후추를 곁들인 스테이크 두 조각, 스테이크 세트 셋, 머스타드를 곁들인 럼스테크 한 조각, 소고기구이 다섯 조각, 소갈비 두 조각, 쇠고기 요리 둘, 소 로스구이 셋, 샤토브리앙 스테이크 두 조각, 타르타르 스테이크 한 조각, 로스트비프 한 조각, 콜드 로스트비프 세 조각, 등심 스테

---

15 부르고뉴 지방에서 유래한 전통 음식. 삶은 계란에 적포도주, 베이컨, 양파, 샬롯, 버섯으로 만든 부르귀뇽 소스를 뿌려서 만들며, 보통 마늘 토스트와 함께 먹는다.
16 파슬리·골파 등의 식물을 잘게 썬 것으로, 소스나 수프의 향미료로 사용됨.
17 으깬 감자와 갈은 고기를 섞어서 익힌 것.
18 작고 길쭉한 양파의 일종.

이크 열네 조각, 설로인 스테이크 세 조각, 안심 스테이크 한 조각, 햄버거 세 개, 옹글렛 스테이크 아홉 조각, 스커트 스테이크 한 조각.

포토푀[19] 네 접시, 소고기찜 한 접시, 젤리처럼 만든 소고기찜 한 접시, 소고기 스튜 한 접시, 보브 아 라 모드[20] 한 접시, 굵은 소금을 곁들인 소고기 찜 한 접시, 끈에 매달아 낀 소고기 한 접시.

국수를 곁들인 송아지 구이 하나, 송아지 고기 튀김 하나, 송아지 갈비 하나, 코키예트[21]를 곁들인 송아지 갈비 하나, '송아지 등심' 하나, 에스칼로프[22] 여섯, 밀라노식 에스칼로프 여섯, 크림소를 곁들인 에스칼로프 셋, 삿갓버섯을 곁들인 에스칼로프 하나, 송아지 스튜 넷.

앙두이에트 다섯 개, 블러드 소시지 세 개, 애플 블러드 소시지 한 개, 돼지 갈비 하나, 슈크루트 하나, 낭시식 슈크루트 하나, 돼지 등살고기 하나, 돼지 갈비 하나, 프랑크푸르트 소시지

---

19 프랑스 전통 음식의 하나로 고기와 채소를 넣고 끓이는 수프의 일종.
20 소고기, 당근, 감자 등을 백포도주와 같이 약 3시간 동안 끓여서 만드는 스튜.
21 작은 앵글 모양의 국수.
22 고기(주로 송아지)의 살을 크고 넓적하게 자른 것.

열한 쌍, 돼지고기 구이 둘, 돼지 족발 일곱, 차가운 돼지고기 요리 하나, 로스트포크 세 조각, 파인애플과 바나나를 곁들인 로스트포크 한 조각, 강낭콩을 곁들인 소시지 하나.

젖먹이 양 고기 한 조각, 새끼 양 갈비 세 조각, 새끼 양 고기 커리 둘, 새끼 양 넓적다리 고기 열두 조각, 새끼 양 갈비 살 하나.

양 갈비 한 조각, 양고기 어깨살 한 조각.

닭고기 다섯, 닭고기 꼬치 하나, 레몬을 곁들인 닭고기 하나, 닭고기 스튜 하나, 바스크식 닭고기 둘, 차가운 닭고기 요리 셋, 닭고기 파르시 하나, 밤을 곁들인 닭고기 하나, 허브를 곁들인 닭고기 하나, 젤리처럼 만든 닭고기 둘.

쌀밥을 곁들인 닭고기 일곱, 닭고기 찜 하나.

쌀밥을 곁들인 영계 요리 하나.

코크 오 리슬링[23] 하나, 코코뱅 셋, 식초에 절인 닭고기 하나.

올리브를 곁들인 오리 요리 하나, 오리 가슴살 요리 하나.

새끼 뿔닭 살미[24] 하나.

---

23 알자스 지방 전통요리. 리슬링 와인을 이용한 닭요리.
24 구운 새고기 스튜.

154

양배추를 곁들인 뿔닭 요리 하나, 국수를 곁들인 뿔닭 요리 하나.

토끼 요리 다섯, 토키 프리카세[25] 둘, 국수를 곁들인 토끼 하나, 크림소스에 익힌 토끼 요리 하나, 겨자소스에 익힌 토끼 요리 셋, 버섯과 화이트 와인으로 만든 토끼 요리 하나, 타라곤[26]으로 향을 낸 토끼 요리 하나, 투르식 토끼 요리 하나, 자두를 곁들인 토끼 요리 셋.

자두를 곁들인 어린 토끼 요리 둘.

알자스식 산토끼 시베[27] 하나, 산토끼 고기 찜 하나, 산토끼 스튜 하나, 산토끼 등심요리 하나.

염주비둘기 살미 하나.

콩팥 꼬치구이 한 개, 꼬치구이 세 개, 섞음 구이요리 하나, 겨자소스를 곁들인 콩팥 하나, 송아지 콩팥 하나, 송아지 머리 셋, 송아지 간 열 하나, 송아지 혀 하나, 사를라데즈 포테이

---

25 버터에 노릇노릇 구워진 고기 조각으로 만든 스튜.
26 쑥속(屬)의 일종. 달콤한 향이 있어 들짐승 요리의 냄새 제거용으로 사용됨.
27 양파와 포도주를 넣은 토끼 또는 거위의 스튜 요리.

토[28]를 곁들인 송아지 가슴살 요리 하나, 송아지 가슴살 테린 하나, 새끼 양 골 요리 하나, 포도를 곁들인 차가운 거위 간 둘, 거위 모래주머니 콩피 하나, 닭 간 둘.

　냉육(冷肉) 모둠 요리 열둘, 영국식 냉육 모둠 요리 둘, 샌드위치 뷔페 몇 번, 쿠스쿠스 둘, '중국 음식' 셋, 몰로키아[29] 하나, 피자 한 판, 팡바냐[30] 한 개, 타진[31] 하나, 샌드위치 여섯 개, 햄 샌드위치 한 개, 리예트 샌드위치 한 개, 캉탈 치즈 샌드위치 세 개.

　그물버섯 한 개, 플래절렛[32] 하나, 녹두 일곱 개, 옥수수 한 개, 컬리플라워 퓌레 하나, 시금치 퓌레 하나, 회향 퓌레 하나, 고추 파르시 두 개, 감자튀김 둘, 도피네식 그라탱 아홉, 감자 퓌레 넷, 감자 그라탱 하나, 양파를 곁들인 구운 사과 하나, 감자 칩 하나, 폼 오 푸르[33] 하나, 튀긴 사과 하나, 쌀밥 넷, 야생

28　생감자를 얇게 썰어 거위기름에 튀기듯 볶은 것으로 페리고르 지방 스타일 조리법.
29　이집트가 원산지인 녹황색 식물. 이집트 요리나 중동 요리에 자주 활용됨.
30　둥근 빵에 샐러드를 넣은 샌드위치.
31　양, 닭 등으로 만드는 북아프리카의 스튜 요리.
32　연한 녹색의 작고 부드러운 프랑스 강낭콩. 플래절렛은 보통 이 콩으로 만든 요리를 말한다.
33　설탕을 입힌 사과를 오븐에 넣어서 구운 것.

쌀밥 하나.

파스타 넷, 코키예트 셋, 크림소스 페투치네[34] 하나, 마카로니 그라탱 하나, 마카로니 하나, 생면 열다섯, 리가토니 셋, 라비올리 둘, 스파게티 넷, 토르텔리니 하나, 그린 탈리아텔레 다섯.

그린 샐러드 서른다섯 접시, 메스클랭 샐러드[35] 한 접시, 크림을 곁들인 붉은 치커리 샐러드 한 접시, 꽃상추 샐러드 두 접시.

치즈 칠십오 조각, 암양젖 치즈 한 조각, 이탈리아산 치즈 두 조각, 오베르뉴 치즈 한 조각, 부르생 치즈 한 조각, 브리야-사바랭 치즈 두 조각, 브리 치즈 열한 조각, 카베쿠 치즈 한 조각, 염소젖 치즈 네 조각, 크로탱 치즈 두 조각, 카망베르 치즈 여덟 조각, 캉탈 치즈 열다섯 조각, 시칠리아 치즈 한 조각, 사르데냐산 치즈 한 조각, 에푸아스[36] 한 조각, 뮈롤 치즈 한 조각, 화이트 치즈 세 조각, 염소젖 화이트 치즈 한 조각, 퐁텐블

---

34 달걀을 넣어 반죽한 길고 납작하고 두꺼운 모양의 파스타.
35 남프랑스에서 나는 상치·치커리 따위의 잎들을 섞어 만든 샐러드.
36 우유로 만든 연성 치즈의 일종.

로 치즈 아홉 조각, 모짜렐라 다섯 조각, 묑스테르 치즈 다섯 조각, 르블로숑[37] 한 조각, 라클레트 치즈 한 조각, 스틸턴 치즈 한 조각, 생마르슬랭 치즈 한 조각, 생네크테르 치즈 한 조각, 요거트 한 개.

모듬 과일 하나, 딸기 둘, 까치밥나무 열매 하나, 오렌지 하나, '망디앙'[38] 셋.

속을 채운 대추야자 열매 한 개, 시럽에 절인 배 한 개, 포도주에 절인 배 세 개, 포도주에 절인 복숭아 두 개, 시럽에 절인 페쉬 드 비뉴[39] 한 개, 상세르 포도주에 절인 복숭아 한 개, 노르망디 사과 한 개, 바나나 플랑베[40] 한 개.

콩포트 넷, 사과 콩포트 둘, 크베치[41]와 대황(大黃)으로 만든 콩포트 둘.

클라푸티[42] 다섯 개, 배 클라푸티 네 개.

시럽에 절인 무화과 한 개.

---

37 사부아산(産) 치즈.
38 편도·무화과·개암·포도의 네 가지 말린 과일로 만든 디저트.
39 포도밭의 노지에서 재배한 복숭아나무의 복숭아.
40 바나나에 불을 붙여 먹는 후식의 일종.
41 서양자두의 일종.
42 밀가루, 우유, 달걀 등으로 만든 반죽에 블랙체리를 넣어 오븐에 구워낸 타르트의 한 종류.

과일 샐러드 여섯, 외국산 과일 샐러드 하나, 오렌지 샐러드 둘, 딸기와 라즈베리와 까치밥나무 열매로 만든 샐러드 둘.

사과 파이 한 개, 타르트 네 개, 따뜻한 파이 한 개, 타르트 타탱[43] 열 개, 배 타르트 일곱 개, 배 타르트 타탱 한 개, 레몬 타르트 한 개, 사과와 호두 타르트 한 개, 사과 타르트 두 개, 머랭에 얹은 사과 타르트 한 개, 딸기 타르트 한 개.

크레페 둘.

샤를로트[44] 두 개, 초콜릿 샤를로트 세 개.

바바[45] 셋.

크렘 랑베르세[46] 하나.

갈레트 데 루아[47] 하나.

초콜릿 무스 아홉.

플로팅 아일랜드 둘.

---

43 저민 사과에 버터와 설탕을 뿌리고 반죽을 덧씌워 오븐에 굽는 프랑스식 사과 파이.
44 과일, 비스킷, 크림으로 만든 푸딩.
45 술이 섞인 시럽에 적신 카스테라의 일종.
46 우유·설탕·달걀·향료 따위를 섞어 틀에 부어 익힌 반고체 크림 과자.
47 아몬드 가루를 페이스트리 안에 넣고 구워낸 프랑스 요리. 프랑스에서 새해를 기념하면서 먹는 문화가 있다.

블루베리 쿠글로프[48] 하나.

초콜릿 케이크 네 조각, 치즈 케이크 한 조각, 오렌지 케이크 두 조각, 이탈리아 케이크 한 조각, 비엔나 케이크 한 조각, 브르타뉴 케이크 한 조각, 화이트 치즈 케이크 한 조각, 바트루슈카[49] 한 조각.

아이스크림 세 개, 라임 소르베 한 개, 구아바 소르베 두 개, 배 소르베 두 개, 초콜릿 프로피트롤[50] 한 개, 라즈베리 멜바[51] 한 개, 푸아르 밸엘렌[52] 한 개.

보졸레 열세 병, 보졸레 누보 네 병, 브루이 세 병, 시루블 일곱 병, 셰나 네 병, 플뢰리 두 병, 쥘리에나스 한 병, 생타무르 세 병.

코트 뒤 론 아홉 병, 샤토네프 뒤 파프 아홉 병, 샤토네프 뒤 파프 67 한 병, 바케라스 세 병.

---

48 알사스 지방의 과자, 건포도 빵.
49 러시아와 우크라이나에서 전통적으로 만들어 먹는 달콤한 치즈 빵.
50 슈 반죽을 작고 둥글게 만들어 속에 달콤하거나 짭짤한 혼합물을 채워 오더블이나 후식으로 이용하는 페이스트리.
51 아이스크림 위에 라즈베리를 얹고 그 위에 샹티이 크림을 덮은 것.
52 바닐라 아이스크림과 뜨거운 초콜릿을 얹은 배 시럽.

보르도 아홉 병, 연한 보르도 한 병, 라마르젤 64 한 병, 생테밀리옹 세 병, 생테밀리옹 61 한 병, 샤토 라펠레트리 70 일곱 병, 샤토 카농 29 한 병, 샤토 카농 62 한 병, 샤토 네그리 다섯 병, 라랑드 드 포므롤 67 한 병, 메독 64 한 병, 마고 62 여섯 병, 마고 68 한 병, 마고 69 한 병, 생테스테프 61 한 병, 생줄리앙 59 한 병.

사비니 레본느 일곱 병, 알록스 코르통 세 병, 알록세 코르통 66 한 병, 본느 61 한 병, 샤사뉴 몽트라셰 블랑 66 한 병, 메르퀴레 두 병, 포마르 한 병, 포마르 66 한 병, 상트네 62 두 병, 볼네 59 한 병.

샹볼 뮈지니 70 한 병, 샹볼 뮈지니 '레자무뢰즈' 70 한 병, 샹베르탱 62 한 병, 로마네 콩티 한 병, 로마네 콩티 64 한 병.

베르주라크 한 병, 부지 루즈 두 병, 부르게이 네 병, 샬로스 한 병, 샴페인 한 병, 샤블리 한 병, 코트드프로방스 레드 와인 한 병, 카오르 스물여섯 병, 샹트페르드리 한 병, 가메 네 병, 마디랑 두 병, 마디랑 70 한 병, 피노 누아 한 병, 파스투그랭 한 병, 페샤르망 한 병, 소뮈르 한 병, 튀르상 열 병, 트라미네 한 병, 사르데 와인 한 병, 기타 와인 다수.

맥주 아홉 병, 투보그 맥주 두 병, 기네스 네 병.

아르마냑 오십육 잔, 버번 한 잔, 칼바도스 여덟 잔, 체리 브랜디 한 잔, 그린 샤르트뢰즈 여섯 잔, 시바스 한 잔, 코냑 네 잔, 들라맹 코냑 한 잔, 그랑 마니에르 두 잔, 핑크 진 한 잔, 아이리쉬 커피 한 잔, 잭 다니엘 한 잔, 마르 네 잔, 마르 드 뷔제 세 잔, 마르 드 프로방스 한 잔, 미라벨 브랜디 한 잔, 수이약 자두주 아홉 잔, 자두 브랜디 한 잔, 윌리엄스종 배 술 두 잔, 포르토 한 잔, 슬리보위츠 한 잔, 수즈 한 잔, 보드카 서른여섯 잔, 위스키 네 잔.

　카페 다수
　허브티 한 잔
　비시 생수 세 병

스틸 라이프 Still life / 스타일 리프 Style leaf

내가 지금 글을 쓰고 있는 책상은 묵직한 원목으로 만든 오래된 보석세공 테이블로, 큰 서랍 네 개가 달려 있다. 작업대였던 책상 평면은 가장자리에 비해 약간 패여 있는데 아마도 예전에 거기에 꺼내 놓던 진주들이 바닥에 떨어지는 것을 방지하기 위한 것으로 보이며, 지금은 극도로 촘촘한 질감의 검은 천으로 덮여 있다. 원뿔형 전등갓이 달린 파란색 금속의 굴절식 조명이 책상을 밝히고 있다. 조명은 벽의 두께에 맞춰 설치된 *선반*들 중 하나에 일종의 클램프로 고정되어 있고, 테이블의 왼쪽 약간 앞쪽에서 책상을 비춘다. 테이블 맨 왼쪽에는 두꺼운 유리로 된 직사각형 수납함 두 개가 나란히 놓여 있다. 첫 번째 수납함에는 STAEDTLER MARS PLASTIC이라는 검은색 글자가 새겨진 흰색 지우개 한 개가 들어 있고, 윤이 나는 철제 손톱깎이 한 개, 노랑-주황 바탕에 바사렐리 스타일의 빨간색 도안이 그려진 성냥갑 한 개, 거꾸로 읽으면

BOESIE 라는 단어의 철자처럼 보이는 숫자 315308 이 떠 있는 카시오 계산기 한 개가 들어 있다. 또, 두 마리의 작은 악어가 엉켜 있는 형태의 보석류 한 개가 들어 있고 유리 눈이 박힌 황동 물고기 한 개도 들어 있는데, 물고기의 배지느러미는 몸 안에 숨겨진 재단용 줄자를 풀고 되감을 수 있는 핸들 역할을 하고 꼬리지느러미는 진짜 동물의 꼬리처럼 움직인다. 그리고 참나무 잎과 도토리를 매우 정교하게 묘사한 종려나무 잎 모양의 메달 세 개가 얇은 판지 조각 위에 일렬로 놓여 있는데, 메달 위에는 각각 다음과 같은 글자가 새겨져 있다 : ≪ SEBASTOPOL ≫, ≪ TRAKTIR ≫, ≪ ALMA ≫. 두 번째 수납함에는 OLFA라는 상표가 붙은 일제 다목적 스냅 오프 블레이드 커터 한 개가 들어 있고, 털 뽑는 족집게 한 개, L'AU-TOMOBILE 이라고 적혀 있는 일회용 라이터 한 개, 굵은 녹색 마커 한 개, 스카치테이프 한 개, (아무 것도 적혀 있지 않은) 희끄무레한 색상의 지우개 한 개, 자개 손잡이가 달린 작은 철제 *마개따개* 한 개, 연필깎이 한 개, 거북이 등껍질을 모방한 플라스틱 손잡이가 달린 철제 스크레이퍼 한 개, 맨 윗부분에 검은색 마커로 글자 C가 표시되어 있는 골판지 상자에서 거의 일정한 간격으로 잘라낸 작은 사각형 조각 한 벌이 들어 있다. 이 두 수납함 앞에는, 왼쪽에서 오른쪽 방향으로 다음과 같은 것들이 눈에 들어온다. 삼십 여 개의 유황성냥이 들어 있고 두 개의 연한 녹색 띠로 간단하게 장식되어 있는 원뿔대 모양의 자연발화성 물질 한 개. 주로 녹색으로 표현된 장식이 '베이루트 순교자' 기념물을 재현한 작고 둥근 흰색 세라믹 재떨이 한 개. 재떨이의 그림은 그 내용을 파악할 수 있을 만큼 꽤 정확하게 묘사되어 있는데, 현대식 건물들로 둘러싸여 있고 삼나무와 야자수로 꾸며진 광장의 중앙에 전면의 세 면이 붉은색 꽃 화환으로 장식된 돌 받침대 하나가 놓여 있고, 그 위에 청동 조각상 세 개가 서 있는 광경이다. 조각상 중 하나는 부상당한 남자로 옆으로 쓰러져 있지만 손을 내밀어 몸을 다시 일으키려 하고 있고, 그 위에서 한쪽 소매가 늘어진 드레스를 입은 여자가 무정형의 돌덩어리 위에 앉아 꽃다발(혹은 횃불)을 든 한쪽 팔을 내밀고 있으며, 다른 팔로는 엉덩이 주변에 간단한 천을 두른 것처럼 보이는 어린 아이를 어깨에 안고 있는 모습이다. 그리고 절반 정도 사용한, 닉 하베인 상표가 붙어 있는 작은 여송연 오십 개비 상자 하나. 열두 개의 작은 나무 조각들을 구 모양이 되도록 끼워 맞추는 퍼즐 하나. 작은 여송연 여섯 개비 정도의 재와 꽁초가 담겨 있는, 분홍색과 갈색이 약간씩 섞인 녹색 사암 재떨이 하나. 테이블의 왼쪽 구석은 가공한 목재로 만든 뚜껑 달린 둥근 상자와 두 개의 나무 그릇이 차지하고 있다. 두 그릇 중 갈색 나무로 만든 더 큰 그릇에는 동전들(주로 1 프랑스 프랑 동전들)이 담겨 있고, 어두운 색 나무로 만든 작은 그릇에는 자개 단추 하나, 눈에 보이는 두 면에 흰색 점이 각각 두 개와 세 개씩 찍혀 있는 파란색 플라스틱 주사위 하나, 서류용 클립 하나, POSSO PARIS라고 적힌 *제도용 집게* 하나, 장식 핀 두 개, 각각 무게가 50그램(250 메트릭 캐럿)과 20그램(100 메트릭 캐럿) 나가고 윗부분이 잘린 피라미드 모양의 구리 추 두 개가 담겨 있다. 이 세 물건들 앞에는 다음과 같은 산호와 광물 여러 개가 줄지어 놓여 있다. 황갈색과 녹색이 섞인 무지개 빛깔의 마노 한 개, 붉은 돌 한 개, *새의 발톱*이나 세 손가락만 있는 손을 연상시키는 산호 조각 한 개, 손모아장갑처럼 보이는 또 다른 산호 조각 한 개, 반짝이는 검은색 맥석(脈石) 안에 놓인 다소 흐릿한 녹색의 에메랄드 조각 한 개, 아주 미세한 줄무늬가 있는 수많은 크리스털 큐빅이 금속광택처럼 빛나는 황철광 덩어리 한 개. 테이블 오른쪽으로는, 일반적이지 않은 크기(약 40 x 30cm)의 종이 더미 위에 분홍색 또는 녹색 폴더 다섯 개가 들쑥날쑥하게 쌓여 있다. 그중 맨 위의 폴더에는 검은색 마커로 '긴급한 서신'이라고 적혀 있다. 이 파일 더미 앞에는 녹색과 노란색 라이팅 패드[1]가 한권씩 놓여 있는데, 둘 다 많이 사용되었고 몇 장의 편지지는 살짝 떼어져 있다. 그중 하나인 노란색 편지지에서 어떤 목록의 시작 부분 - 뉴턴, 앨버트 왕자, 타잔과 심한 치통, 플뤼비앙 박사, 치과 의사, 무당벌레 - 을 읽을 수 있다. 목록의 나머지 부분은 거의 대부분 또 다른 흰색 종이로 덮여 있으며, 그 흰색 종이 위에는 서로 다른 방향으로 뻗어 있는 선들의 윗부분에 문자 O, A, M, R, L이 적혀 있다. O선은 직선으로 유지되고, A선과 M선은 서로 *가까워지다가* 다시 멀어지며, R선과 L선은 오랫동안 서로 평행을 유지하다가 끝에서 만난다 . 이 도표의 아래쪽 부분 역시 왼쪽 하단 모서리가 벗겨져 있는 검은색 가죽 커버의 다이어리로 덮여 있는데, 다이어리는 3월 30일 일요일과 31일 월요일(각각 '13주, 성 아마데오 9세 축일, 일출 6시 34분 일몰 19시 17분'과 '14주, 성 벤자민 축일, 만월')의 두 페이지가 모두 보이게 펼쳐져 있다. *다이어리*에는 두 가지 사항이 필기되어 있다. 하나는 15시 부근에 잉크로 '마리에게 전화하기'라고 적혀 있고, 다른 하나는 페이지 하단 부근에 연필로 '마리 셰'라고 적혀 있다. 테이블 앞쪽 위에는 길이가 약 사십 센티미터, 높이가 아마도 십이 센티미터

---

1   writing-pad: 한 장씩 떼어 쓰는 편지지.

정도 되는 작은 나무 가구 하나가 놓여 있다. 가구의 상단은 상자 모양이며 그 아래 서랍 여섯 개가 네 열로 달려 있다. 가구의 덮개 위에는 다음과 같이 물건들이 배열되어 있다. 즉 오른쪽에 다양한 크기의 평행육면체와 정육면체들이 가득 담긴 두 개의 작은 나무 상자로 구성된 삼차원 퍼즐이 있고, 중앙에 현재 시각인 오전 10시 18분을 가리키는 사택 브랜드의 쿼츠 전자알람시계가 있으며, 왼쪽에는 네 칸 곱하기 네 칸의 금속 바둑판으로 구성되고 여러 개의 파랑, 노랑, 초록 *자석 조각*들이 바둑판 위에서 움직일 수 있는 드 보노 L-게임이라 불리는 게임 세트가 있다. 그리고 *자석 조각*들에는 압정 한 개, ≪ 아클레 ≫ 1번 핀셋 두 개, 얇은 받침에 장착된 면도날 한 개, 클립 세 개, 머리핀 한 개 등 작은 철제 물건 여러 개가 부착되어 있다. 이 작은 가구의 왼쪽에는 밝은 회색 도기로 만든 원통형 단지가 놓여 있다. 단지는 두 개의 파란색 꽃 줄 문양과 그 사이의 CAFÉ라는 글자로 장식되어 있고, 검은색 연필과 색연필, 싸인펜, 펜 삼십여 개와 가위, 페이퍼 나이프, 커터, 분필 홀더 같은 다양한 도구들로 채워져 있다. 가구의 오른쪽에는 두꺼운 바닥의 직선형 유리잔이 놓여 있는데, 작은 유리구슬들이 부분적으로 채워져 있고 그 안에 열 개의 펜 홀더가 꽂혀 있다. 테이블 제일 앞쪽에는, 지나치게 빽빽한 글씨로 거의 전체가 덮여 있는 21 x 29.7 크기의 그래프용지 한 장이 테이블의 검은색 천 위에 선명하게 부각되어 보이게 놓여 있는데, 그 종이 위에서 다음과 같은 글을 읽을 수 있다 : 내가 지금 글을 쓰고 있는 책상은 니스 칠한 목재로 만든 오래된 보석세공 테이블로, 큰 서랍 네 개가 달려 있다. 작업대였던 책상 평면은 가장자리에 비해 약간 패여 있는데 아마도 예전에 거기에 꺼내 놓던 진주들이 바닥에 떨어지는 것을 방지하기 위한 것으로 보이며, 지금은 매우 섬세한 재질의 검은 천으로 덮여 있다. 원뿔형 전등갓이 달린 파란색 금속의 굴절식 조명이 책상을 밝히고 있다. 조명은 벽의 두께에 맞춰 설치된 긴 받침대들 중 하나에 일종의 클램프로 고정되어 있고, 테이블의 왼쪽 약간 전면에서 책상을 비춘다. 테이블 맨 왼쪽에는 두꺼운 유리로 된 직사각형 문구통 두 개가 나란히 놓여 있다. 첫 번째 문구통에는 STAEDTLER MARS PLASTIC이라는 검은색 글자가 새겨진 흰색 지우개 한 개가 들어 있고, 윤이 나는 철제 손톱깎이 한 개, 노랑-주황 바탕에 바사렐리 스타일의 빨간색 도안이 표현된 성냥갑 한 개, 거꾸로 읽으면 GLOSE라는 단어의 철자처럼 보이는 숫자 35079이 떠 있는 카시오 계산기 한 개가 들어 있다. 또, 두 마리의 작은 악어가 엉켜 있는 형태의 보석류 한 개가 들어 있고 유리 눈이 박힌 도금한 금속 물고기 한 개도 들어 있는데, 물고기의 배지느러미는 몸 안에 숨겨진 재단용 줄자를 풀고 되감을 수 있는 핸들 역할을 하고 꼬리지느러미는 진짜 동물의 꼬리처럼 움직인다. 그리고 참나무 잎과 도토리를 매우 정교하게 묘사한 종려나무 잎 모양의 메달 세 개가 얇은 판 위에 일렬로 놓여 있는데, 메달 위에는 각각 다음과 같은 글자가 새겨져 있다 : ≪ SEBASTOPOL ≫, ≪ TRAKTIR ≫, ≪ ALMA ≫. 두 번째 문구통에는 OLFA라는 상표가 붙은 일제 다목적 스냅 오프 블레이드 커터 한 개가 들어 있고, 작은 핀셋 한 개, L'AUTOMOBILE이라고 적혀 있는 일회용 라이터 한 개 , 굵은 녹색 마커 한 개, 스카치테이프 롤러 한 개, (아무 것도 적혀 있지 않은) 희끄무레한 색상의 지우개 한 개, 자개 손잡이가 달린 작은 철제 *병따개* 한 개, 연필깎이 한 개, 거북이 등껍질을 모방한 플라스틱 손잡이가 달린 철제 스크레이퍼 한 개, 맨 윗부분에 검은색 마커로 글자 C가 표시되어 있는 골판지 상자에서 거의 일정한 간격으로 잘라낸 작은 사각형 조각 한 벌이 들어 있다. 이 두 수납함 앞에는, 왼쪽에서 오른쪽 방향으로 다음과 같은 것들이 눈에 들어온다. 삼십여 개의 화학 성냥이 들어 있고 단지 두 개의 연한 녹색 *띠로*만 장식되어 있는 원뿔대 모양의 자연발화성 물질 한 개. 주로 녹색으로 표현된 장식이 '베이루트 순교자' 기념물을 재현한 작고 둥근 흰색 세라믹 재떨이 한 개. 재떨이의 그림은 그 내용을 파악할 수 있을 만큼 꽤 정확하게 묘사되어 있는데, 현대식 건물들로 둘러싸여 있고 삼나무와 야자수로 꾸며진 광장의 *한 가운데* 전면의 세 면이 붉은색 꽃 화환으로 장식된 돌 받침대 하나가 놓여 있고, 그 위에 청동 조각상 세 개가 서 있는 광경이다. 조각상 중 하나는 부상당한 남자로 옆으로 쓰러져 있지만 손을 내밀어 몸을 다시 일으키려 하고 있고, 그 위에서 한쪽 소매가 늘어진 드레스를 입은 여자가 무정형의 돌덩어리 위에 앉아 *횃불*(혹은 *꽃다발*)을 든 한쪽 팔을 내밀고 있으며, 다른 팔로는 엉덩이 주변에 간단한 천을 두른 것처럼 보이는 어린 아이를 어깨에 안고 있는 모습이다. 그리고 *대부분 사용한*, 닉 하베인 상표가 붙어 있는 작은 여송연 오십 개비 상자 하나. 열두 개의 작은 나무 조각들을 구 모양이 되도록 끼워 맞추는 퍼즐 하나. 작은 여송연 *여덟 개비* 정도의 재와 꽁초가 담겨 있는, 분홍색과 갈색이 약간씩 섞인 녹색 사암 재떨이 하나. 테이블의 왼쪽 구석은 가공한 목재로 만든 뚜껑 달린 둥근 상자와 두 개의 나무 그릇이 차지하고 있다. 두 그릇 중 갈색 나무로 만든 더 큰 그릇에는 잔돈들(주로 1 프랑스 프랑 동전들)이 담겨 있고, 어두운 색 나무로 만든 작은 그릇에는 자개 단추 하나, 눈에 보이는 두 면에 흰색 점이 각각

두 개와 세 개씩 찍혀 있는 파란색 플라스틱 주사위 하나, 서류용 클립 하나, POSSO PARIS라고 적힌 검은색 철제 핀셋 하나, 장식 핀 두 개, 각각 무게가 50그램(250 메트릭 캐럿)과 20그램(100 메트릭 캐럿) 나가고 윗부분이 잘린 피라미드 모양의 구리 추 두 개가 담겨 있다. 이 세 물건들 앞에는 다음과 같은 산호와 광물 여러 개가 줄지어 놓여 있다. 황갈색과 노란색과 녹색이 섞인 무지개 빛깔의 마노 한 개, 붉은 돌 한 개, 맹금의 발톱이나 세 손가락만 있는 손을 연상시키는 산호 조각 한 개, 손모아장갑처럼 보이는 또 다른 산호 조각 한 개, 검은색으로 번들거리는 맥석(脈石) 안에 놓인 다소 흐릿한 녹색의 에메랄드 조각 한 개, 아주 미세한 줄무늬가 있는 수많은 크리스털 큐빅이 금속광택처럼 빛나는 황철광 덩어리 한 개. 테이블 오른쪽 끝에는, 일반적이지 않은 크기(약 40 x 30cm)의 종이 더미 위에 분홍색 또는 녹색 폴더 다섯 개가 약간은 가득 찬 형태로 쌓여 있다. 그중 맨 위의 폴더에는 검은색 마커로 '긴급한 서신'이라고 적혀 있다. 이 파일 더미 앞에는 녹색과 노란색 라이팅 패드가 한권씩 놓여 있는데, 둘 다 절반 이상 사용되었고 몇 장의 편지지는 살짝 떼어져 있다. 그중 하나인 노란색 편지지에서 어떤 리스트의 시작 부분- 뉴턴, 앨버트 왕자, 타잔과 심한 치통, 플뤼비앙 박사, 치과 의사, 무당벌레 -을 읽을 수 있다. 목록의 나머지 부분은 거의 대부분 또 다른 흰색 종이로 덮여 있으며, 그 흰색 종이 위에는 서로 다른 방향으로 뻗어 있는 선들의 윗부분에 문자 O, A, M, R, L이 적혀 있다. O선은 직선으로 유지되고, A선과 M선은 서로 접촉하다가 다시 멀어지며, R선과 L선은 오랫동안 서로 평행을 유지하다가 끝에서 만난다. 이 도표의 아래쪽 부분 역시 왼쪽 하단 모서리가 벗겨져 있는 검은색 가죽 커버의 다이어리로 덮여 있는데, 다이어리는 3월 30일 일요일과 31일 월요일(각각 '13주, 성 아마데오 9세 축일, 일출 6시 34분 일몰 19시 17분'과 '14주, 성 벤자민 축일, 만월')의 두 페이지가 모두 보이게 펼쳐져 있다. 일요일 *페이지*에는 두 가지 사항이 필기되어 있다. 하나는 15시 부근에 잉크로 '마리에게 전화하기'라고 적혀 있고, 다른 하나는 페이지 맨 아래에 연필로 '마리 세'라고 적혀 있다. 테이블 앞쪽 위에는 길이가 대략 사십 센티미터, 높이가 아마도 십이 센티미터 정도 되는 작은 나무 가구 하나가 놓여 있다. 가구의 상단은 상자 모양이며 그 아래 서랍 여섯 개가 네 열로 달려 있다. 가구의 덮개 위에는 다음과 같이 물건들이 배열되어 있다. 즉 오른쪽에 다양한 크기의 정육면체와 평행육면체들이 가득 담긴 두 개의 작은 나무 상자로 구성된 삼차원 퍼즐이 있고, 중앙에 현재 시각인 오후 12시 50분을 가리키는 사택 브랜드의 쿼츠 전자알람시계가 있으며, 왼쪽에는 네 칸 곱하기 네 칸의 금속 바둑판으로 구성되고 여러 개의 파랑, 노랑, 초록 자석 칩들이 바둑판 위에서 움직일 수 있는 드 보노 L-게임 이라 불리는 게임 세트가 있다. 그리고 *자석 졸들*에는 압정한 개, ≪ 아클레 ≫ 1번 핀셋 두 개, 얇은 받침에 장착된 면도날 한 개, 클립 세 개, 머리핀 한 개 등 작은 철제 물건 여러 개가 부착되어 있다. 이 작은 가구의 왼쪽에는 *아이보리색* 도기로 만든 원통형 단지가 놓여 있다. 단지는 두 개의 파란색 꽃줄 문양과 그 사이의 CAFÉ 라는 글자로 장식되어 있고, 검은색 연필과 색연필, 싸인펜, 펜 삼십여 개와 *가위*들, 페이퍼 나이프, 커터, 분필 홀더 같은 다양한 도구들로 채워져 있다. 가구의 오른쪽에는 두꺼운 바닥의 직선형 유리잔이 놓여 있는데, 작은 유리구슬들이 부분적으로 채워져 있고 그 안에 열 개의 펜 홀더가 꽂혀 있다. 테이블 제일 앞쪽에는, 지나치게 빽빽한 글씨로 거의 전체가 덮여 있는 21 x 29.7 크기의 작은 모눈종이 한 장이 테이블의 검은색 천 위에 선명하게 부각되어 보이게 놓여 있고, 몸체와 뚜껑에 미세한 홈들이 세로로 길게 장식된 금도금한 금속 만년필 하나가 놓여 있다.

역자 노트

스틸 라이프 / 스타일 리프

이 글의 전반은 글을 쓰고 있는 '책상 위의 사물들'에 대한 정밀한 묘사이며, 후반은 그 묘사의 대상 중 하나인 '21 x 29.7 크기 그래프용지'에 적힌 문장들이다. 종이 위의 문장들은 책상 위에 놓인 동일한 사물들을 글을 쓰는 시점보다 22시간 28분 전에 같은 순서로 정밀하게 묘사했다. 언뜻 보면 똑같은 글을 반복하고 있다는 느낌이 들만큼, 글의 전반과 후반은 거의 동일한 내용으로 즉 거의 동일한 문장과 단어들로 이루어져 있다. 원서에는 아무런 표시가 없지만, 이 책에서는 독자의 이해를 돕기 위해 변경되는 단어와 표현들을 미세하게 기울여 표시했다.

제목인 'still life / style leaf'는 이러한 글의 구조를 미리 알려준다. 영어 'still life'와 'style leaf'는 전혀 다른 단어 조합이지만, 프랑스어식으로 읽으면 동일하게 '스틸 리프'로 발음된다. 음성적으로는 동일한 단어의 반복처럼 들리지만, 그 내용은 전혀 다른 것을 가리키는 것이다. 이 글 역시 표면적으로는 동일한 문장들의 반복처럼 보이지만, 내적으로는 서로 다른 글의 병렬 혹은 연쇄라 할 수 있다. 즉 전반의 글이 책상 위 사물들의 모습을 장면화하면서 독자의 상상적 시선을 책상 위로 유도하는 반면, 후반의 글은 종이 위 글자들의 모습을 장면화하면서 독자의 시선을 종이 위에 고정시킨다. 전자의 묘사 대상이 책상 위 '사물들'이라면, 후자의 묘사 대상은 종이 위 '문자들'이다. 같은 맥락에서, 글의 제목 중 전반의 'still life'(정물화)가 오브제들(사물들)의 묘사를 암시한다면, 후반의 'style leaf'는 '양식화된 종이'를 뜻하면서 본문에 나오는 그래프용지 또는 모눈종이를 가리킨다고 할 수 있다.

이 글의 일차적 목표는 '언어의 물질성'을 강조하는 데 있다. 종이 그 자체를 묘사의 대상으로 삼으면서 그 위의 글자들을 마치 현미경을 댄 것처럼 확대해 보여주고, 이를 통해 물리적 요소들(음성과 글자)로 구성되는 언어 자체의 물질성을 지시한다. 나아가, 묘사의 글쓰기에 내재된 '주관성'도 강조한다. 동일한 인물이 동일한 장소와 위치에서 묘사하지만, 시간대에 따라 똑같은 대상을 전혀 다른 것으로 파악하거나 다른 형태 혹은 색상으로 기술하는 것을 알 수 있다. 이는 우리 시선의 근본적인 한계와 불완전한 지각 능력에서 기인하는 것으로, 그 어떤 객관적 묘사도 모종의 주관성을 내포할 수밖에 없음을 나타낸다. 아울러, 이 글은 페렉이 즐겨 시도했던 '계열적 글쓰기'의 한 유형을 보여주기도 한다. 페렉은 모든 글쓰기는 결국 이전 글쓰기에 대한 반복이자 차이라고 간주하면서, 일탈과 모순의 요소들을 통해 끝없이 글쓰기를 이어가고 증식할 수 있다고 보았다. 텍스트 안의 텍스트 형식인 이 글은 작가가 원한다면 매번 '그래프용지' 또는 '모눈종이'에서 다시 묘사를 시작하면서 작은 차이들과 함께 무한히 반복될 수 있다.

나는 좋아한다, 좋아하지 않는다

영화 <롤라(Lola)>(1961) 자크 드미.

시리즈를 계속 이어가면…

나는 좋아한다 : 공원들, 정원들, 그래프 종이, 만년필들, 신선한 파스타, 샤르댕[1], 재즈, 기차들, 일찍 도착하기, 바질, 파리에서 걸어 다니기, 잉글랜드, 스코틀랜드, 호수들, 섬들, 고양이들, 씨를 제거하고 껍질을 벗긴 토마토 샐러드, 퍼즐들, 미국 영화, 클레, 베른, 타자기들, 팔각형, 비시 생수, 보드카, 폭풍우, 안젤리카, 압지들, 『기네스북』, 스타인버그, 안토넬로 다 메시나, 베데커 시리즈, 『엘제비르 총서』[2], 『어스름 가득한 공기 속으로』[3], 무당벌레들, 에블레 장군, 로버트 스키피온의 십자말

---

1   Jean Siméon Chardin(1699~1779): 18세기 프랑스 화가. 특히 정물화, 장르화, 파스텔화에 뛰어났다.
2   1853에서 1898년까지 네덜란드의 엘제비르 출판사에서 발간한 장서. 총 176권에 달하며, 19세기 후반 르네상스 문학의 재발견에 많은 기여를 했다.
3   존 에쉬베리(John Ashbery)의 시집 『Rivers and Mountains』(1966)에 실린 시의 제목.

풀이, 베르디, 말러, 장소의 이름들, 슬레이트 지붕들, <이카루스의 추락>[4], 구름들, 초콜릿, 목록들, 퐁루아얄 바, 『지리적 감정』[5], 오래된 사전들, 캘리그래피, 지도와 교통 지도들, 시드 챠리시, 돌멩이들, 텍스 에이버리, 척 존스, 물로 가득 찬 풍경들, 비버[6], 보비 라푸앵트, 『사물의 감정(모노 노 아와레)』[7], 씨 없는 묑스테르 치즈, 충분한 시간을 갖기, 동시에 혹은 거의 동시에 서로 다른 일들을 하기, 로렐과 하디, 중이층(中二層), 낯선 도시에서의 표류하기, 지붕이 있는 아케이드들, 치즈, 베네치아, 장 그레미용, 자크 드미, 가염 버터, 나무들, 수스 고고학 박물관, 에펠 탑, 상자들, 『롤리타』, 딸기, 페쉬 드 비뉴, 미셸 래리스, 참을 수 없는 웃음, 지도책들, '필리핀 게임[8] 하기', <아듀 필리핀>, 『부바르와 페퀴셰』, 막스 형제[9], 축제의 끝, 커피, 호

---

4 1558년에 제작된 네덜란드 화가 피터르 브뤼헐의 그림. 원본은 사라지고 현재 두 개의 사본만 남아 있다.

5 Le Sentiment géographique: 1976년에 출판된 미셸 샤이유의 책 제목. 허구와 상상, 산문이 뒤섞인 아름다운 문장으로 유명하다.

6 Heinrich Biber(1644~1704): 오스트리아의 작곡가 겸 바이올리니스트로서 바로크 시대의 가장 뛰어난 바이올린 대가로 꼽힌다.

7 1970년에 발간된 자크 루보의 시집 제목. 14세기 중반 이전에 쓰인 고대 일본 시들을 변형하고 재창작한 143편의 시들로 이루어졌다.

8 쌍둥이 아몬드를 두 사람이 하나씩 나누어 가지고 있다가 다음에 만났을 때 '봉주르 필리핀'이라고 먼저 말한 사람이 승자가 되는 게임.

9 Marx brothers: 미국의 코미디 영화배우 치코, 하포, 그루초, 제포 4형제.

두, <007 살인번호>, 초상화들, 역설들, 잠자기, 글쓰기, 로베르 우댕, 숫자들의 합이 9가 되는 모든 수를 9로 나눌 수 있는지 확인하기, 대부분의 하이든 교향곡, 세이 쇼나곤, 멜론과 수박,

　나는 좋아하지 않는다 : 채소들, 팔찌시계, 베리만, 카라얀, 나일론, '키치', 슬라빅, 선글라스, 스포츠, 스키장들, 자동차, 파이프 담배, 콧수염, 샹젤리제, 라디오, 신문들, 뮤직홀, 서커스, 장피에르 멜빌, '왕창'이라는 표현, 헌옷들, 『샤를리 엡도』, 찰리 채플린, 기독교인들, 인본주의자들, 사상가들, '신진들'(요리사, 철학자, 낭만주의 작가 등), 정치인들, 실장, 부실장, 뷔르니에와 랭보의 모방 작품들, 대구, 이발사들, 광고, 병맥주, 차(茶), 샤브롤, 고다르, 잼, 꿀, 모터사이클들, 망디아르그[10], 전화, 피셔 디스카우[11], 아카데미 프랑세즈, 개구리 다리, 티셔츠들, 가리비조개 껍질에 담긴 가리비조개 요리들, 푸른 색, 샤갈, 미로, 브래드버리, 조르주 퐁피두 센터, 제임스 해들리 체이스, 로렌스 더럴, 아더 케스틀러, 그레이엄 그린, 모라비아,

---

10　André Pieyre de Mandiargues(1909~1991): 파리 태생의 프랑스 작가. 초현실주와 상징주의 성향의 작품들을 발표했다.

11　Dietrich Fischer Dieskau(1925~2012): 독일 성악계의 거장. 20세기 최고의 바리톤이라 불리며, 슈베르트 가곡으로 유명하다.

시라크, 셰로, 모리스 베자르, 솔제니친, 생로랑, 피에르 카르댕과 그의 공간, 할리미, 약간 지나치게 스위스풍인 영화, 카바나, 망토들, 모자들, 지갑들, 넥타이들,『카르미나 부라나』[12],『고미요』[13], 교리 전수자들, 점성가들, 위스키, 과일 주스, 사과, '상표'가 붙은 물건들, 양식 진주, 라이터, 레오 페레, 클레르 브레테셰, 샴페인, 비스코트, 페리에, 진, 알베르 카뮈, 약품들, 크루너[14]들, 미셸 쿠르노, 장에데른 알리에, 청바지, 피자, 생제르맹데프레, 일부 예외를 제외한 쿠스쿠스, 새큼한 사탕, 껌, 친한 '친구' 스타일(안녕! 잘 지내?)로 교제하는 사람들, 전기면도기, 빅(Bic) 볼펜, 마랭 카르미츠, 연회들, 이탤릭체의 남용, 브루크너, 디스코, 하이파이 스테레오,

---

12 남부 독일의 베네딕트보이에른 수도원에서 발견된 13세기 말의 수사본(手寫本). 이를 바탕으로 작곡가 칼 오르프가 작곡한 칸타타를 일컫기도 한다.
13 1965년에 창설된 프랑스 레스토랑 가이드북.
14 낮은 목소리로 감상적인 노래를 하는 가수.

역자 노트
나는 좋아한다, 좋아하지 않는다

이 글은 1966년 프랑스에서 번역, 출간된 일본 작가 세이 쇼나곤의 에세이 『베갯머리 서책(枕草子)』과 롤랑 바르트의 에세이 『롤랑 바르트가 쓴 롤랑 바르트』(1975)에서 영향을 받았다. 페렉은 좋아하는 작가 중 한 사람으로 자주 세이 쇼나곤을 꼽았는데, 그의 다른 글 「열두 개의 삐딱한 시선(Douze regards obliques)」(1976)에서는 『베갯머리 서책』의 일부를 직접 인용하기도 했다. 또한 바르트는 페렉이 '진정한 스승'이라 언급했을 만큼 존경했던 작가 중 한 사람으로, 파리 고등사회과학원에서 열린 세미나(1963-1965)에의 참석을 계기로 그의 글쓰기 양식과 문학적 방법론으로부터 지속적인 영향을 받는다.

페렉에 앞서, 바르트는 「나는 좋아한다, 좋아하지 않는다」라는 제목의 글을 발표한다. 세이 쇼나곤의 문장 형식을 응용해 자신이 좋아하는 것과 좋아하지 않는 것들의 목록을 만든 후 위의 에세이에 삽입했다. "시리즈를 계속 이어가면"이라는 부제가 암시하는 것처럼, 페렉이 쓴 동명의 글은 바르트의 글에 대한 연장이자 일종의 대구라 할 수 있다. 의도한 건지 아닌지는 모르지만, 두 작가의 '좋아한다'와 '좋아하지 않는다' 목록에는 서로의 이름이 올라와 있지 않다. 그 후로도 몇몇 작가들이 바르트와 페렉의 시도를 이어갔는데, 영화 <아멜리에>를 만든 장피에르 주네는 단편영화 <쓸모없는 것들 (Foutaises)>(1989)에서 동일한 형식을 차용하기도 했다.

해설

보통의 삶, 보통 너머의 글쓰기

해설

보통의 삶, 보통 너머의 글쓰기

1. 글쓰기, 시시하고 쓸데없고 하찮은

『보통 이하의 것들』(1989년)은 조르주 페렉의 '일상의 글쓰기'를 집약적으로 보여주는 책이다. 1973년부터 1981년 사이『코즈 코뮌』, 『뤼마니테』,『악시옹 포에티크』지 등에 발표된 페렉의 산문들로 구성되어 있다. 일상의 글쓰기는 초기부터 말기까지 페렉의 작품 전체를 관통하는 가장 중요한 글쓰기 양식이라 할 수 있다. 초기작『사물들』에서 후기 대표작『인생사용법』에 이르는 소설들에서, 페렉은 일상의 사물과 공간들에 대한 정치한 묘사를 바탕으로 작품의 서사를 가동시켰다. 또『공간의 종류들』같은 에세이이나 여러 지면에 발표한 다수의 산문들에서는, 일상성 자체에 대한 그만의 독창적이고 사려 깊은 성찰도 보여주었다.『보통 이하의 것들』은 그가 가장 왕성하게 일상의 글쓰기를 시도했던 시기의 글들을 모아놓은 것으로,

사물과 장소들에 대한 세심한 묘사에서부터 일상의 행위들에 대한 명철한 단상에 이르기까지 다양한 성격의 텍스트를 포함하고 있다.

페렉의 일상의 글쓰기는 1950년대 후반부터 그가 몸담아왔던 여러 사회학 연구 그룹에서의 활동[1]에 뿌리를 두고 있지만, 그가 일관되게 글쓰기의 주요 대상으로 삼은 것은 우리 일상에 흔하게 보이는 '보통의 것들' 혹은 '보통 이하의 것들'이다. 심각한 사회 문제들을 들춰내 고발하거나 당대 사회의 가치들에 대한 사상적 진단을 내리기보다는, 너무 평범하고 익숙해서 우리가 잊고 사는 것들 그러나 우리의 과거와 현재를 이루는 것들을 찾아서 기술하는 데 주력했다. 페렉은 당대 거대 담론들에 눌려 있던 미시적인 삶의 요소들을 끌어내 우리의 지각과 의식의 영역 안에 되돌려 놓으려 했고, 각종 사건과 스펙터클의 범람 속에 묻혀버리는 일상의 소소한 순간들을 붙들어 기록해두려 했다. 이 책의 첫 번째 글에서 강조한 것처럼, 어쩌면 "진짜 스캔들은 갱내 가스폭발이 아니라 광산에서 행해지는 노동"이고 "진짜 사회적 불편함은 파업 기간 동안의 시급한 사항들이 아니라 견디기 힘든 하루 스물 네 시간, 일 년 삼백육십오 일"일 수 있기 때문이다.

---

1   페렉의 사회학적 탐구와 글쓰기는 그가 참여한 잡지들을 중심으로 진행되었다. 시대 순으로 주요 잡지들을 언급하면 다음과 같다. 『아르귀망 Arguments』(1956-1962), 『라 린뉴 제네랄 La Ligne generale』(1959-1963, 미발간), 『파르티장 Partisans』(1961-1972), 『코즈 코뮌 Cause Commune』(1972-1979) 등.

그가 보기에, 현대인들은 모두 일종의 '일상적 실명cécité quotidi-enne' 상태에 빠져 있다. "우리가 살고 있는 세계에 더 이상 주의를 기울이지 못하고" 있고, 우리의 삶을 이루는 진짜 요소들을 지각하지도, 의식하지도 못한 채 살아가고 있다.[2] 페렉에 의하면, 일상적 실명으로부터 탈출할 수 있는 유일한 방법은 글쓰기를 통해 '현재가 되는 것'이다. "거기에 있는 것, 거기에 정박되어 있는 것, 지속적인 것, 저항하는 것, 거주하는 것"이 되고, "사물과 그 사물에 대한 기억이, 존재와 그 존재의 역사"가 되는 것이다(「열두 개의 삐딱한 시선」)[3]. 이 같은 현재가 되기로서의 글쓰기를 매개로 우리는 우리의 진짜 삶을 이루는 요소들, 즉 보통의 것이나 보통-이하의 것들에 대한 지각과 의식을 되찾을 수 있다. 나아가, 우리 자신의 인류학을 구축할 수 있다. "매일 일어나고 날마다 되돌아오는 것, 흔한 것, 일상적인 것, 뻔한 것, 평범한 것"들에 대한 묘사를 통해, 익숙한 모든 것들에 대한 "시시하고 쓸데없는" 질문들을 통해 우리 자신에 대한 보고서를 만들 수 있는 것이다. 페렉은 일상을 이루는 무수한 보통 이하의 것들 중에서도 특히 '사물들'과 '장소들'에 남다른 애착을 드러냈다. 그 보통 이하의 사물들과 장소들에 바로 우리가 지나온 생과

---

2   Georges Perec, "Ceci n'est pas un mur...", in L'œil ébloui, avec Cuchi White, Chêne & Hachette, Paris, 1981

3   조르주 페렉, 이충훈 옮김, 「열두 개의 삐딱한 시선」, 『생각하기/분류하기』, 문학동네, 2015, 48쪽

시간이 새겨져 있다고 보았기 때문이다.

2. 사물들*Les Choses* 그리고 장소들*Les Lieux*

사물들 – 생에 대한 집요한 애착

일상의 사물들에 대한 끈질기고 세밀한 묘사는 페렉의 글쓰기의 두드러진 특징 중 하나다. 페렉은 다수의 소설과 산문에서 거의 예외적이라 할 만큼, 가끔은 병적이라 느껴질 만큼 고집스럽고 치밀한 사물들 묘사를 보여주었다. 때때로 그가 수행한 사물들 묘사는 현대 사회의 물신숭배와 소비풍조를 고발하기 위한 도구가 되기도 한다. 『인생사용법』에 수시로 등장하는 길고 상세한 사물 묘사는 종종 그 사물을 소유한 이들의 과도한 욕망이나 허영심을 드러내는 역할을 하는데, 가령 98장에 삽입된 '침실세트 가구' 묘사는 그 가구를 사기 위해 인생의 많은 부분을 허비한 한 부부의 집착에 가까운 욕망을 잘 나타낸다. 혹은, 이 책의 여섯 번째 글인 「지성소」에 삽입된 다양한 유형의 사무실 묘사도 사무실에 거주하는 이들의 물질적, 세속적 욕망을 가리키는 중요한 수단이 된다.

그런데 일상의 사물들에 대한 이러한 관찰과 묘사는 사물 자체에 대한 페렉의 각별한 관심과 애착을 나타내는 것이기도 하다. 이 책의 여러 글들이 보여주는 것처럼, 페렉은 자신의 일상을 채우고 있는 수많은 사물들에 대해 지칠 줄 모르는 호기심과 흥미를 지니고 있었고 또 자신만의 분명한 취향도 갖고 있었다. 가령, 「런던 산책」에서는 당시까지만 해도 많은 프랑스인들이 의식적으로 거리를 두던 영국의 전통적인 생활용품들에 대해, 즉 체스터필드 소파나 프라이부르크 & 트레이어의 코담배 상자, 극도로 섬세한 찻잔 세트 등에 대해 상당한 흥미와 애정을 드러낸다. 또, 「나는 좋아한다, 좋아하지 않는다」에서는 일상의 사소한 사물들 중 '그래프 종이, 만년필, 퍼즐, 타자기, 압지, 슬레이트 지붕, 지도와 교통 지도, 돌멩이, 상자들'을 좋아하고 '팔찌시계, 선글라스, 파이프 담배, 모자, 지갑, 넥타이, 라이터, 청바지, 빅 볼펜'은 좋아하지 않는 자신만의 취향을 솔직하게 표명한다. 작가로서 그리고 생활인으로서, 페렉은 일상성이라는 주제에 대한 관심만큼이나 일상 사물들에 대한 애정도 꾸준히 간직해온 것이다.

그리고 그 이상이기도 하다. 페렉이 행하는 사물들의 열거와 묘사, 때로는 포화(飽和)를 넘어 '고갈'을 지향하는 듯한 집요한 묘사에는 생의 공허에 맞서려는 그의 의지가 담겨 있다. 어린 시절 전쟁으로 부모를 잃고 세상에 홀로 내던져졌던 그. 생에 대한 인식이 시작되자마자 맞닥뜨려야 했던 거대한 공백은 그로 하여금 무엇으로

든 텅 빈 삶을 채우도록 이끌었다. 그는 '글쓰기'를 그 수단으로 선택한다. 주변의 온갖 사물들에 대한 시시콜콜한 나열과 묘사를 통해 존재의 조건처럼 주어진 공허를 하나하나 채워간 것이다. 그로부터, 남아 있는 긴 생에 대한 의지도 조금씩 키워간다.

> 나는 쓴다, 왜냐하면 그들[부모]이 내게 지울 수 없는 자국을 남겼고 그 자국의 흔적이 바로 글쓰기이기 때문이다. 그들의 기억은 글쓰기에서 죽어 있다. 글쓰기는 그들의 죽음에 대한 기억이며 내 삶에 대한 의지 표명이다.[4]

아울러, 페렉의 사물들 묘사는 일상사회학적 탐구에 바탕을 둔 그의 글쓰기 노선도 분명하게 드러낸다. 삶의 필연성에 가려진 수많은 '나머지들'을 복원하기 위한 글쓰기. 시선의 무의식 지대를 넘어 의식의 무의식 지대에 놓인 것들을 비추고 기술하는 글쓰기. 페렉은 우리 삶을 이루는 이 나머지 것들에도 동등한 가치를 부여하기 위해, 즐겨 '목록'을 사용한다. 그의 목록은 일반 목록이나 리스트들과 달리 그 배열에 있어 어떠한 순서도, 논리도 따르지 않는다는 점에서 사물들에게 일종의 '존재론적 평등성'을 부여한다. 또한

---

4 Georges Perec, W ou souvenir d'enfance, Denoël, Paris, 1975, 59쪽.

목록은 가능한 많은 사물들을 명명할 수 있다는 점에서, 일반 텍스트들의 서사나 묘사에서 배제되는 수많은 나머지들의 존재를 환기시켜줄 수 있다.

장소들 – 기억과 기억을 잇는 매개체

페렉은 사물들의 묘사만큼이나 장소들의 묘사에도 특별한 노력을 기울인다. "흥미롭지 않은 것, 가장 분명한 것, 가장 평범한 것, 가장 눈에 띄지 않는 것을 적기 위해 노력하기"(『공간의 종류들』, 84쪽)는 사물들 묘사 뿐 아니라 장소들 혹은 공간들에 대한 묘사에도 해당된다. 페렉은 '의심하지 않던 일상의 거대한 영역들'을 탐사하고 관찰하면서, 가장 평범하고 가장 눈에 띄지 않는 일상의 장소들을 찾아내 꼼꼼하고 상세하게 묘사한다. 사물에 대해서든 장소에 대해서든, 그의 일상적 글쓰기의 핵심은 무엇보다 '묘사'에 있기 때문이다.

나의 일상의 사회학은 분석이 아니라 묘사의 시도다. 우리가 그 안에 있거나 혹은 그 안에 있다고 믿고 있어서 너무나 익숙해져버린 것들, 어떤 언술도 존재하지 않은 것들, 그래서 전혀 쳐다보지 않는 것

들에 대한 묘사다.[5]

　사물들도 그렇지만, 장소들은 특히 더 그의 글쓰기에서 '기억의 매개체'로 기능한다. 그에게 있어 장소들 혹은 공간들은 무수한 과거의 기억을 담고 있는 창고와도 같으며, 언제든지 관련된 기억을 소환해낼 수 있는 훌륭한 매개물이다. 페렉은 스스로 밝힌 것처럼 장소 혹은 공간에 대한 놀라운 기억력을 지니고 있는데, 『공간의 종류들』에서 언급한 것처럼 어느 한 장소에 대한 기억을 통해 그곳에 얽힌 모든 기억들을 다시 재생해낼 수 있다.("되살아난 방의 공간 덕에, 가장 중요한 기억들 뿐 아니라 가장 쉽게 달아나는 기억들, 가장 하찮은 기억들이 되살아나오고, 되돌아오고, 다시 활기를 띤다."[6])

　나아가, 장소들에 대한 세밀하고 끈기 있는 묘사는 사물들에 대한 그것과 마찬가지로 시간의 절대성에 맞서기 위한 방식이기도 하다. 삶의 모든 장소와 공간들을 파괴하고 삼켜버리는 것은 결국 시간이기 때문이다. 일상의 모든 순간들을 함축하고 있는 장소를 찾아서 묘사하는 것, "거의 어리석을 정도로 천천히 접근"하면서 하나하나 새기듯 기록하는 것은 그 자체로 시간의 횡포에 맞서는 것이고, 우

5　Georges Perec, ≪ Entretien Perec/Jean-Marie Le Sidaner ≫, in L'Arc, n° 76, Paris, 1979, 4쪽.
6　조르주 페렉, 김호영 옮김, 『공간의 종류들』, 문학동네, 2019, 43쪽.

리 삶의 일부 조각들이나마 붙들어 고정시키는 것이다. 『보통 이하의 것들』이 보여주는 페렉의 글쓰기 양식들, 즉 아무도 주목하지 않는 파리의 한 거리에 대한 단순하고 반복적인 묘사(「빌랭 거리」)나 과거와 현재, 미래가 공존하는 파리의 한 구역에 관한 장황하고 세세한 기술(「보부르 주변 여행」), 책상 위라는 한정된 공간에 대한 거의 현미경적인 관찰의 기록(「스틸 라이프, 스타일 리프」) 등은 궁극적으로 글쓰기를 통해 "하나의 흠, 하나의 흔적, 하나의 표시"라도 남기려는 시도와 같다. 모든 것을 데려가는 시간에 맞서 "무언가를 붙잡기 위해, 무언가를 살아남게 하기 위해" 벌이는 분투와도 같다.[7]

이러한 장소들 묘사는 때때로 시대와 사회에 대한 증언이 되기도 한다. 장소는 공동체의 삶과 불가분의 관계에 있고 그 자체만으로 시대의 변화를 극명히 드러낼 수 있기 때문이다. 특히 페렉이 살았던 20세기 중후반의 프랑스 사회에서 장소는 현대화를 비롯한 급격한 변화 양상들을 온전히 담아내는 그릇이 될 수 있다.

7 같은 책, 153쪽.

3. 글쓰기, 상실과 애도

글쓰기는 무언가를 기억하기 위한 것일까? 아니, 글쓰기는 내가 무언가를 기억하기 위한 행위가 아니라, 망각의 고통에 맞서기 위한 행위다. 스스로 절대적인 것이라 공표하는 망각. 오래지 않아 어떤 흔적도 찾을 수 없고, 어디에도 없고, 그 누구도 모르게 되는 것.(롤랑 바르트, 『애도 일기』)[8]

이 책에 실린 「빌랭 거리」 텍스트는 본래 페렉이 구상한 '장소들 Les Lieux' 프로젝트에 포함된 것이다. 페렉은 이 프로젝트를 위해 파리의 장소 열두 곳을 골라 1969년부터 1980년까지 기록하고 묘사하기로 계획한다. 열두 장소는 그가 살았거나 혹은 그의 특별한 기억이 얽혀 있는 곳들이다. 페렉은 매달 열두 장소 중 두 곳을 골라 묘사했는데, 첫 번째 장소에 대해서는 가능한 중성적인 묘사를 시도했고, 즉 카페에 앉아서나 거리를 걸으며 눈에 들어오는 모든 것을 있는 그대로 기록했고, 두 번째 장소에 대해서는 장소와 관련해 떠오르는 추억들을 회상하며 묘사했다. 각 장소에 대한 묘사가 끝나면 원고를 봉투에 넣어 밀랍으로 봉인했으며, 종종 해당 장소를

---

8   Roland Barthes, Journal de deuil, Seuil, Paris, 2009, 127쪽.

찍은 사진들이나 장소와 관련된 다양한 요소들- 지하철 티켓, 음식점 영수증, 영화관 티켓, 팸플릿 등 –도 동봉했다.

'장소들' 프로젝트의 각 텍스트들, 즉 빌랭 거리 외에도 아송시옹 거리, 쥐시 역, 콩트레스카르프 거리, 이탈리 광장 같은 파리의 장소들을 묘사한 텍스트들은 미완성인 상태 그대로 페렉이 추구한 일상의 글쓰기의 특징을 잘 보여준다. 특히, 「빌랭 거리」에서의 장소 묘사는 종이에 적힌 문자들이 그 자체로 시대의 변화과정에 대한 증언이 될 수 있음을 입증한다. 실제로 페렉은 '장소들' 프로젝트를 실행하기 전부터 빌랭 거리가 파리의 '낙후된 소구역 정비사업 rénovation de l'ilot insalubre' 사업에 따라 철거되어 사라질 것을 알고 있었다. 파리 서민들의 삶을 가장 잘 간직하고 있는 장소 중 하나인 빌랭 거리의 철거 소식은 곧바로 여러 연구자들과 예술가들을 불러들였는데, 페렉 역시 그에 동참한다. 게다가, 빌랭 거리는 그가 태어난 장소이자 가족들과 함께 어린 시절을 보낸 동네이기도 했다.

요컨대, 페렉에게 있어 「빌랭 거리」의 짧은 메모들은 '장소의 상실'에 관한 기록이다. 무덤덤히 이어지고 반복되는, 때로는 불완전하고 단속적이기도 한 그의 글쓰기는 어떻게 한 장소가 시대의 변화 속에서 무기력하게 사라져가는 지를 잘 보여준다. 오랫동안 서민들의 삶의 터전이 되어왔던 거리, 평범한 일상의 시간들이 차곡차곡 쌓여오던 장소가 누군가의 결정에 의해 하루아침에 그 기능이 중단되고 서서히 와해되어가는 과정을 시간의 간격을 두고 낱낱이 기록한 것이다. 1988년 빌랭 거리는 리노베이션 공사를 모두 마치는데, 거리의 대부분은 가파른 경사의 현대식 공원에 편입되었고 아래쪽 일부에 임대아파트 건물들이 들어섰다. 마르크 오제의 개념을 빌려 말하자면, 빌랭 거리는 공동체적이고 관계적이며 유기적인 삶이 이어오던 '장소(lieu/place)'에서 익명의 개인들에게 개별적 휴식을 제공하는 공간으로, 즉 관계적이지도 유기적이지도 공동체적이지도 않는 '비장소(non-lieu/non-place)'로 변모한 것이다.

장소의 상실은 그곳에 기반을 둔 '삶의 상실'을 야기하고, 냉혹한 시간의 흐름 속에서 결국 '기억의 상실'로 이어진다. 페렉의 끈질기고 세밀한 기록들은 바로 이 기억의 상실을 지연시키기 위한, 혹은 망각에 맞서기 위한 안타까우면서도 비장한 노력이다. 다시 말해, 페렉의 글쓰기는 그 자체로 '애도'의 행위다. 일체의 감정을 배제한 묘사가 무덤덤하면 할수록, 장소를 바라보는 그의 복잡한 심정이, 숱한 기억과 감정이 뒤섞인 내면이 더 선명하게 드러나 전달된다. 또 단조롭게 나열되는 문장들의 형태가 불완전하면 할수록, 파괴되고 사라져가는 어느 거리의 쓸쓸한 풍경이 더 생생하게 부각되어 우리의 눈앞에 펼쳐진다. 페렉은 자신이 직접 연출한 영화 <잠자는 남자>(1974)의 마지막 장면을 허물어져가는 빌랭 거리를 배경으로 촬영하면서 또 다른 방식으로 애도하기도 했다.

　「빌랭 거리」 텍스트의 1969년 2월 27일 기록에 적혀 있는 것처럼, 그리고 로베르 보베의 영화 <빌랭 거리를 다시 오르며>(1992)에서 사진과 내레이션으로 재차 언급되는 것처럼, 페렉은 반복해서 빌랭 거리를 찾으면서도 자신이 유년기를 보낸 '24번지 건물' 안에 끝내 "들어가지 않았다." 문 앞에서 한참을 서성이다 돌아섰을 뿐이다. 물론 『W 또는 유년기의 기억』에서의 고백처럼, 그가 그곳에 들어갔다 해도 아무 것도 기억해내지 못했을 수 있다. 거대한 망각의 벽 앞에서 망연자실했을 수도 있다. 어찌됐든 그에게는 그 장소에 새겨져 있는 기억들을 마주하는 것 자체가, 묻혀 있던 거대한 과거의 낱장들을 다시 소환하는 것 자체가 견디기 힘든 고통이었을 것이다. 그 어떤 우연의 연쇄가 작용했는지 모르지만, 어머니 미용실의 흔적이 남아 있던 24번지 건물은 1982년 3월 4일 굴착기의 마지막 타격으로 지도에서 영원히 사라진다. 페렉이 기관지암으로 사망한 바로 그 다음날이다.

조르주 페렉 (GEORGES PEREC, 1936~1982) 연보

1936

1936년 3월 7일 파리에서 태어나다. 페렉의 부모는 폴란드계 유대인. 이 시기에 가족 모두 빌랭 거리에 거주함.

1940

아버지 이섹 페렉 1차 대전 중 전장에서 사망.

1941

유대인 박해를 피해 가족 전체가 이주. 페렉의 어머니 시를라 페렉은 적십자 단체를 통해 어린 페렉을 그르노블로 보내고 이듬해 아우슈비츠 수용소에서 사망한 것으로 추정됨.

1945

그르노블에 거주 중이던 고모 에스테르 비넨펠트가 페렉의 양육을 맡음. 고모와 함께 파리에 거주하게 되어 유년기와 청소년기를 파리 16구에서 보냄.

1946

고등학교 입학. 철학 선생님이었던 장 뒤비뇨를 만나 문학과 예술에 눈을 뜸.

1949

정신과 치료 시작. 이 경험을 훗날 영화 <배회의 장소들>에 녹여 냄.

1954

파리 앙리 4세 고등학교에서 고등사범학교 수험 준비반 수료.

1955

소르본 대학에서 역사학 전공으로 학업 시작.

장 뒤비뇨의 소개로 모리스 나도의 추천을 받아 『N. R. F』지와 『레 레트르 누벨』지에 독서 노트를 싣게 됨.

첫 소설 『유랑하는 자들』집필 시작.(이 원고는 후에 분실됨)

1956

두 번째 정신과 정기 치료 시작. 문서계 기록원으로 첫 사회생활 시작.

1957

아르스날 도서관 아르바이트 시작. 이때의 작업 경험(문서 항목 분류작업)이 훗날 작품에 영감을 줌.

소르본 대학 중퇴.

1958

프랑스 남부 도시 '포'에서 약 2년간 낙하산병으로 복무.

1959

잡지 『총전선』을 기획하나 출간 불발. 이 과정에서 집필한 원고는 이후 잡지 『파르티장』에 연재.

소설 『가스파르』를 집필해 갈리마르 출판사에 투고하나 거절 당함. 후에 이 책은 『용병대장』으로 제목이 바뀌어 출간됨.

1960

9월에 폴레트 페트라와 결혼, 튀니지의 도시 '스팍스'에 정착. 이때의 경험은 후에 소설 『사물들』에 반영됨. 이듬해 파리로 돌아옴.

1961

『나는 마스크를 쓴 채 전진한다』를 집필하고 갈리마르 출판사에 투고하나, 다시 거절당함.

국립 과학연구센터(CNRS)에서 신경생리학 자료조사원으로 업무를 시작하고, 동시에 생앙투안 병원 문헌조사원 업무도 시작. 1978년까지 이 두 가지 일에 계속 종사함.

1965

소설 『사물들』 발표. 공개와 동시에 평단과 독자의 주목을 받고, 최고 권위의 문학상 중 하나인 르노도 상 수상.

1966

소설 『마당 구석의 어떤 크롬 자전거를 말하는 거니?』 출간.

『사물들』 시나리오 작업 준비로 잠시 스팍스에 체류.

1967

실험문학 그룹 '울리포(OuLiPo)'에 정식 가입.

1968

『임금 인상을 요청하기 위해 과장에게 접근하는 기술과 방법』 발표. 노르망디 지방의 물랭 당데에 체류.

울리포 그룹과 긴밀한 관계를 유지함. 이곳에서 알파벳 'e' 를 뺀 소설 『실종』을 집필.

1969

『실종』 출간으로 비평계와 독자들을 모두 놀라게 함.

피에르 뤼숑, 자크 누보와 『바둑의 오묘한 기술을 위한 소고』 출간.

폴레트와 결별하지만, 두 사람은 평생 친구로 긴밀한 관계를 유지함.

『W 혹은 유년기의 기억』을 『캉젠느 리테레르』지에 연재하기 시작.

1970

희곡 『증대』가 파리의 게테-몽파르나스 극장에서 초연됨.

1971

세 번째 정신과 정기 치료 시작.

1972

알파벳 'e'만 모음으로 사용해 쓴 소설 『돌아오는 사람들』 출간. 『돌아오는 사람들』의 형식은 『실종』과 대조를 염두에 두고 구성된 것임.

스승인 장 뒤비뇨와 함께 잡지 『코즈 코뮌』 창간

1973

에세이 『어두운 상점』 출간. 울리포 그룹의 공동 저서 『잠재 문학. 재창조, 오락』 출간.

베르나르 케이잔 감독과 영화 <잠자는 남자> 공동 연출. 이 영화로 장 비고 상 수상.

1974

에세이 『공간의 종류들』 출간. 희곡 <시골파이 자루>가 니스에서 초연됨. 울리포 그룹의 첫 미국 작가 멤버인 해리 매튜스의 소설 『아프가니스탄의 녹색 겨자 밭』 번역.

케이잔 감독의 영화 <귀스타브 플로베르>의 텍스트를 씀. 파리의 린네 가에 정착.

『인생 사용법』 집필 시작.

1975

『W 혹은 유년기의 기억』 출간.

『코즈 코뮌』지에 「어느 파리 지역의 완벽한 묘사 시도」 게재.

시네아스트 카트린 비네와 교제 시작. 카트린 비네와의 교제 이후로 안정을 찾아 오 랫동안 받아오던 정신과 정 기 치료를 중단함.

1976

시집 『알파벳』 출간.

크리스틴 리핀스카의 사진 17장과 페렉이 쓴 시 17편이 실린 『종결』을 비매용 100부 한정판으로 제작.

파리 16구에서 보낸 유년기 와 청소년기의 방황을 그린 단편 영화 <배회의 장소들> 촬영.

『르 푸앵』지에 『십자말풀이』 연재 시작.

페렉이 시나리오를 쓴 케이 잔 감독의 영화 <타자의 시 선> 개봉.

1977

『계략의 장소들』 집필. 이후 이 글은 『생각하기/분류하 기』에 포함됨.

1978

에세이 『나는 기억한다』 출간.

9월에 거대한 퍼즐을 방불케 하는 그의 대표작 『인생 사용 법』이 출간됨. 이 소설로 메 디치 상 수상. 메디치 상 수 상을 계기로 아셰트 출판사 의 집필 지원금을 받게 되어 자료조사원 일을 그만두고 전업 작가가 됨.

1979

『어느 미술 애호가의 방』 출간.

『십자말풀이』 출간.

유대인 이민자들의 삶을 다룬 기록 영화 <엘리스 아일랜드 이야기. 방랑과 희망의 역사> 를 제작하며 1부의 대본과 내 레이션, 2부의 이민자들 인터 뷰를 직접 진행함.

알랭 코르노의 영화 <세리 누 아르>의 시나리오 작업 참여.

1980

<엘리스 아일랜드 이야기> 1부의 대본을 책으로 출간.

시집 『종결, 그리고 다른 시들』 출간.

1981

시집 『영원』과 희곡집 『연극』 출간.

해리 매튜스의 소설 『오드라데크 경기장의 붕괴』 번역.

카트린 비네의 영화 <돌랭장 드 그라츠 백작부인의 장난> 공동 제작. 이 영화로 베니스 영화제에 초청됨. 같은 해 플로리다 영화비평가협회(FFCC)상을 수상.

화가 '쿠치 화이트'가 그림을 그리고 페렉이 글을 쓴 『눈부신 시선』 출간.

호주 퀸스 대학 초청으로 두 달간 호주 체류.

12월에 기관지암 진단 받음.

1982

『르 장르 위맹』지 2호에 그가 생전에 발표한 마지막 원고 『생각하기/분류하기』가 실림.(『생각하기/분류하기』는 페렉 사후 3년 후인 1985년에 책으로 출간됨)

3월 3일 파리 근교 이브리 병원에서 46세 생일을 나흘 앞두고 기관지암으로 사망. 페렉의 유해는 그의 유언에 따라 페르라셰즈 묘지에서 화장함. 집필 중이던 소설 『53일』은 미완성으로 남음.

◆ 현재 파리 20구에 '조르주 페렉 거리'가 조성되어 있다.

◆ 우주에는 '페렉'이라 불리는 별이 있다. 1982년에 발견된 2817번 소행성에 '조르주 페렉'이라는 이름이 붙여졌기 때문이다.

옮긴이 **김호영**

서강대학교를 졸업하고 프랑스 파리8대학에서 문학 박사학위를, 고등사회과학연구원(EHESS)에서 영화학 박사학위를 받았다. 현재 한양대학교 프랑스학과 교수로 재직중이다. 지은 책으로 『시간은 다른 얼굴로 되돌아온다』, 『프레임의 수사학』, 『아무튼, 로드무비』, 『영화관을 나오면 다시 시작되는 영화가 있다』, 『영화이미지학』, 『프랑스 영화의 이해』 등이 있고, 옮긴 책으로 조르주 페렉의 『인생 사용법』, 『공간의 종류들』, 『겨울 여행/어제 여행』, 『어느 미술애호가의 방』, 발자크의 『미지의 걸작』, 자크 오몽의 『영화 속의 얼굴』, 장 자크 상페의 『얼굴 빨개지는 아이』 등 다수의 역서가 있다.

보통 이하의 것들

초판 1쇄 2023년 12월 31일
초판 5쇄 2024년 2월 5일

지은이 조르주 페렉
옮긴이 김호영
디자인 이지영
펴낸이 박소정
펴낸곳 녹색광선
이메일 camiue76@naver.com
ISBN 979-11-983753-1-5(03860)

이 책에 사용된 사진 중 일부 저작권자를 찾지 못한 도판은 확인하는 대로 통상의 사용료를 지불하겠습니다.
이 출판물은 한양대학교 교내연구지원 사업으로 연구됨(HY-2023-1667)